꿈을 찍는 사진관

강소천 지음 · 박보라 그림

가교출판

 차례

꿈을 찍는 사진관 … 6

박송아지 … 22

꾸러기와 몽당연필 … 34

어머니의 초상화 … 42

영식이의 영식이 … 70

빨강 눈 파랑 눈이 내리는 동산 … 82

꽃신을 짓는 사람 … 90

꽃신 … 102

나는 겁쟁이다 … 118

꼬마들의 꿈 … 134

시집 속의 소녀 … 198

그리다 만 그림 … 214

해설 | 움트고 꽃 피려는 간절한 소망 … 224

꿈을 찍는
사진관

1

따사한 봄볕은 나를 자꾸 밖으로 꾀어내는 것이었습니다.

어젯밤만 해도, 내일은 일요일이니 어디 나가지 말고, 방에 꾹 들어박혀 책이라도 읽으리라 생각했던 것이, 정작 조반을 먹고 나니 오늘은 유달리 날씨가 따뜻했습니다.

나는 스케치북과 그림물감을 가지고 뒷산을 향해 올라갔습니다.

그렇다고 내가 굉장히 그림을 잘 그리거나, 그림에 취미를 가진 것도 아닙니다. 그저 빈손으로 가기는 싫었기 때문입니다. 책을 들고 앉아 그 따사한 봄볕에 읽는 것은 한층 더 싱거울 것 같았습니다.

봄을 그리려고 산에 오른 이 서투른 화가는 좀처럼 그림을 그리기 시작하지 않았습니다. 그리는 것보다 가만히 앉아 바라보는 것이 더 좋았습니다.

그리하여 내 눈이 맞은편 산허리에 갔을 때, 나는 내 눈을 의심하리만큼 놀라지 않을 수가 없었습니다. 거기에는 활짝 핀 꽃나무 한 그루가 서 있었기 때문입니다.

아직 살구꽃이 피려면 한 달은 더 있어야 할 텐데, 저렇게 연분홍 꽃이 전등이라도 켠 듯이 환히 피어 있는 것은 이상한 일이 아니겠습니까?

나는 그 꽃나무 있는 데로 쏜살같이 달려갔습니다. 골짜기를 내려 다시 산으로 기어올라, 그 꽃나무 아래까지 갔습니다. 단숨에 달린 나는 숨이 차서 그만 땅에 주저앉았습니다.

숨을 돌리며 내가 꽃나무를 자세히 바라보려니, 나무 밑줄기에 이런 간판이 붙어 있었습니다.

꿈을 찍는 사진관으로 가는 길,
동쪽으로 5리.

나는 그 연분홍 꽃나무에 핀 꽃 같은 건 생각할 사이도 없이, 곧 이 꿈을 찍는 사진관을 찾아 떠났습니다.

동쪽으로 사뭇 좁다란 산길을 걸어가노라니까, 정말 조그만 집 한 채가 보였습니다. 그러나 내가 그 집 문 앞에 다다랐을 때는 약간 실망하지 않을 수가 없었습니다.

집 문 앞엔 또 이런 것이 씌어 있었습니다.

꿈을 찍는 사진관은 여기서 남쪽으로
5리 되는 곳으로 옮겼습니다.

나는 남쪽을 향해 또 걸었습니다. 지금 온 만큼 가니까, 정말 또 집 한 채가 보였습니다. 나는 참 잘 왔다고 좋아라 집 문 앞으로 갔습니다.

그러나 나는 아까보다 좀 더 크게 실망하지 않을 수가 없었습니다. 아까와 똑같은 글이 문 앞에 붙어 있었습니다. 아니, 꼭 한 자만 틀립니다. 그것은 '남쪽으로 5리'가 아니라, '서쪽으로 5리'라 씌어 있었습니다.

나는 조금 주저하였습니다. 그러나 나는 '한 번만 속아보자' 하고 또 서쪽을 향해 걸어갔습니다.

마침내 나는 꿈을 찍는 사진관을 찾은 것입니다.

이런 산중엔 어울리지 않으리만큼 커다랗고 훌륭한 양옥집이었습니다. 벽과 창문만이 아니라 지붕까지 새하얀 집.—다만 정문에 커다랗게 써 붙인 '꿈을 찍는 사진관'이라는 일곱 글자만이 파아란 하늘빛이었습니다. 나는 문을 두드렸습니다.

"누구시오? 들어오시죠!"

낮고 부드러운 목소리가 안에서 들려왔습니다. 나는 문을 열고 안으로 들어갔습니다.

하늘빛 파란 가운을 입은 점잖은 신사 한 분이 하늘빛 파아란 안경을 벗어 테이블 위에 놓으며 회전의자에서 일어났습니다.

"어떻게 오셨지요?"

"저어……, 여기가 꿈을 찍어 주는 사진관입니까?"

"예, 그렇습니다."

"어떻게 찍지요?"

하고 나는 찍는 방법을 물었습니다. 그랬더니 그는 내게 조그맣고 얄팍한 책 한 권을 주며, 저쪽 7호실에 가 앉아 소리 내지 말고 읽어 보라고 했습니다.

나는 7호실을 찾아갔습니다. 1호실 다음엔 3호실, 그 다음이 5호실, 바로 그 다음이 7호실입니다. 어쩌면 사진관이 꼭 여관집과도 같습니까? 나는 그제야 이 집의 방 번호가 모두 홀수로만 되어 있다는 것을 알았습니다.

벽과 천장까지 새하얀 방.

들어가는 문밖엔 들창 하나도 없는 방입니다.

나는 그 방에 앉아, 지금 받은 얄팍한 책을 펴 들었습니다. 불도 안 켠 방이 왜 이리 환한지 모르겠습니다. 어디서 빛이라곤 들어올 곳이 조금도 없습니다. 9포 활자만큼 작은 하늘빛 글씨가 어쩌면 그리도 잘 보입니까?

꿈을 찍으시려는 분들에게!

이렇게 멀리서 찾아오신 손님에게 먼저 뜨거운 감사를 드립니다. 당신께서 이곳까지 찾아온 데는 두 가지 뜻이 있을 줄 압니다. 그 하나는 신기한 것을 즐기려는 마음이요, 또 하나는 무척 그립고 보고 싶은 사람이 있기 때문일 것입니다.

사실 당신이니 말이지만, 오늘 저 세상 사람들은 오늘의 문명을 자랑해서 '텔레비전 시대'라고 합니다. 그러나 지금 내가 새로운 실험을 하고 있는 이 일에 비하면, 그까짓 게 다 무엇입니까? 문제도 안 되는 것입니다.

오늘 더욱이 6·25 전쟁을 치르고 난 우리들이, 많은 잃은 것 대신에 가진 것은 안타깝게 보고 싶고 그리운 얼굴들입니다. 눈에 보이지 않는 것 중에 우리에게 없애지 못할 가장 귀한 것의 하나는, 과거를 다시 생각할 수 있는 '추억'이라는 것입니다.

우리는 옛날을 다시 생각하기 위해서 묵은 앨범을 꺼내어 사진 위에 머물러 있는 지난날의 모습들을 바라봅니다.

그러나 사진이란 다만 추억의 어느 한 순간이요, 그 전부는 아닙니다. 정말 아름다운 추억이란 흔히 사진첩 속에서는 찾아보기 어려운 것입니다. 우리는 그런 불완전한 것이나마, 전쟁으로 인하여 거의 잃어버리고 말았습니다.

그러나 요행히 우리에겐 '꿈'이란 게 있습니다.

이미 저세상에 가 버리고 없는 그리운 얼굴들도 꿈에서는 서로 만날 수 있습니다.

남북으로 갈리어 서로 만나지 못하는 사이라도 쉽게 만날 수 있습니다. 꿈길엔 38선이 없습니다.

정말 꿈을 꿀 수 있다는 것은 얼마나 행복한 일입니까?

그러나 이 꿈이란 사람의 마음대로 꿀 수는 없는 것입니다. 아무리 그립고 보고 싶은 얼굴이 있어 꿈에 보려고 애를 써도, 뜻대로 잘 안 되는 수가 많습니다. 그러다 어떻게 잠깐 꿈을 꾸게 된다 해도, 그 꿈이 곧 깨면 한층 더 안타까운 것뿐입니다.

여기에 생각을 둔 나는 이번에 꿈을 찍는 사진기를 하나 발명했습니다. 이는 결코 거리의 사진사들처럼 영업을 목적으로 한 건 아닙니다. 내게는 안타깝게 그리운 아기가 있습니다. 나는 그 아기의 사진까지를 송두리째 잃어버렸습니다. 내가 이 사진기를 만들게 된 게 그 때문인지 모릅니다.

자, 쓸데없는 이야기가 길었습니다.

그럼 인제 꿈을 찍는 방법을 설명해 드려야죠. 무엇보다 그게 더 궁금하실 테니까요.

지금 당신이 앉아 있는 방에서부터 나오는 한 줄기 빛이 있습니다. 그 빛은 바로 사진기가 놓여 있는 곳과 연결되어 있습니다. 그래서 당신이 꿈을 꾸기만 하면, 그 꿈은 곧 사진기 렌즈에 비치게 됩니다. 꿈이 비치기만 하면, 사진기는 저절로 '찔꺼덕' 하고 사진을 찍어 버리는 것입니다. 필름에 사진이 찍히면 곧 현상하여 손님의 요구대로 크게 또

는 작게 인화지에 옮겨 드립니다.

그런데 문제 되는 것은 꿈을 꾸는 일입니다. 어떻게 짧은 시간에 꿈을 꿀 수 있으며, 또 꿈을 꾼다 해도 그게 정말 자기가 사진에 옮기고 싶은 꿈을 꾸겠느냐 하는 것입니다.

실로 내가 제일 오랫동안 연구에 고심을 한 것이 이것입니다.

꿈을 찍는 것쯤은 이것에 비하면 식은 죽 먹기였습니다. 그 문제를 풀기 위해서 나는 잠 못 이루는 밤을 오래 가졌고, 무수한 실패를 거듭하였습니다. 그러나 나는 실망하지 않았습니다.

마침내 나는 마음대로 꿈꿀 수 있는 방법을 발명했습니다. 실로 이것은 세계적인, 아니 세기적인 발명이 아닐 수 없습니다.

자, 그럼 당신도 곧 그리운 이를 만나는 꿈을 꾸십시오. 그리운 이의 꿈을 사진 찍어 드릴 테니…….

그 방법— 당신이 있는 방 한구석에 흰 종이 한 장과 만년필 한 개가 놓여 있습니다. 당신은 그 종이에 그 파란 잉크로 당신이 만나고 싶은 이와 지난날의 추억 한 토막을 써서 그걸 가슴속에 넣고 오늘 밤을 주무십시오. 내일 날이 밝으면, 당신은 지난밤에 본 꿈과 똑같은 사진을 가지고 집으로 돌아갈 수가 있을 겁니다.

한 가지 미안한 것은, 이곳은 산중이어서 손님들에게 대접할 음식이 준비되어 있지 못합니다. 미안하지만 하룻밤 그냥 주무셔 주십시오.

꿈을 찍는 사진관 아룀

2

나는 종이쪽지에 이렇게 썼습니다.

살구꽃 활짝 핀 내 고향 뒷산. 따사한 봄볕을 쬐며, 잔디 위에서 같이 놀던 순이. 노랑 저고리에 하늘빛 치마, 할미꽃을 꺾어 들고 봄노래 부르던 순이. 오늘 밤 정말 우리는 만날 수 있을까?

아직 해가 지기엔 시간이 좀 남아 있을는지 모릅니다. 그러나 내가 글 쓴 종이를 가슴에 품고 방바닥에 눕자, 방은 그만 캄캄해졌습니다.
참말 신기한 일입니다. 그러나 나는 잠이 오질 않았습니다. 샘처럼 솟아오르는 시난닐의 추억들……. 정말 내가 민들레와 할미꽃을 좋아하는 까닭은 순이 때문이었는지도 모릅니다. 순이의 그 노랑 저고리가 어쩌면 그때 내 마음에 그렇게도 예뻐 보였을까요?

3

"순이야! 오늘은 정말 네게 꼭 해야 할 말이 있어. 감추려고 했지만 역시 알려 주는 게 좋을 거야. 그렇지만 순이야, 울어서는 안 돼! 응?"

"무슨 얘기야? 어서 말해 줘!"

"정말 안 울 테야?"

"울긴 왜 우니? 못나게……."

"그래! 픽 하면 우는 건 바보야, 울지 마라, 응?"

"그래, 어서 말해!"

"저어……."

"참, 네가 바보구나, 왜 재깍 말을 못 하니? 아이 갑갑해, 어서 말해 봐!"

"저어, 말이지. 이건 정말 비밀이야. 우리 아버지도 어머니도 그랬어. 아무에게도 얘기해서는 안 된다고. 그렇지만 난 네겐 숨길 수 없어. 우리는 며칠 있으면 38선을 넘어 서울로 이사를 간단다. 여기서야 살 수가 있어야지. 지난해 8월 해방이 되었다구 미칠 듯 즐거워했지만, 우리는 토지와 집까지 다 빼앗기지 않았어, 지주라구. 그리구 우리더러 딴 데로 옮겨 가 살라구 그러지 않아. 빈손이라도 좋아. 우리는 마음 놓고 살 수 있는 자유로운 곳을 찾아가야 해……."

"얘, 나보고 울지 말라더니 제가 먼저 울지 않아?"

소학교를 졸업하면 중학교는 원산이나 함흥에 같이 가자던 순이. 너와 내가 헤어진 것은 겨우 소학교 5학년 때…….

4

이 얼마나 위대한 발명입니까? 생각한 대로 곧 꿈꿀 수 있고, 그 장면을 곧 사진에 옮길 수 있다는 것은……

잠을 깬 것은, 아니 꿈을 깬 것은 아침이었나 봅니다. 밖의 빛이 전혀 방 안에 비치지 않아 때를 알 수가 없었습니다. 내겐 시계도 없었습니다.

나는 자리에서 일어나 방문을 열고 사진사가 있는 방으로 가려고 하였습니다. 그러나 문을 밀었으나, 문은 밖으로 잠겨 있었습니다.

내가 손잡이를 돌리자 내 앞에는 한 장의 종이쪽이 날아 떨어졌습니다.

아직 시간이 이릅니다. 그냥 거기서 두 시간만 더 기다려 주십시오.
그러면 사진을 가져다 드리겠습니다.

꿈을 찍는 사진관 주인 아룀

'옳아, 아직 두 시간 더 있어야 된단다. 내가 너무 일찍 일어났는지도 몰라. 날이 아직 밝지 않았을까? 그동안 나는 어제저녁 순이와 고향 뒷산에서 꽃을 따며 놀던 꿈을 다시 되풀이해 보자. 얼마나 아름답고 즐거운 꿈이었나! 사진은 어느 장면을 찍었을까? 나와 순이가 나란히 살구나무 그늘에 앉아 있는 장면일까? 그렇지 않으면 순이가 노래를 부르는 장면일까? 그렇지도 않으면 순이가 내게 할미꽃을 꺾어 주는 장

면일까?'

5

내가 사진관 주인에게서 아직 채 마르지도 않은 사진 한 장을 받아 들었을 때, 나는 깜짝 놀라지 않을 수가 없었습니다.

그것은 순이와 나의 나이 차이 때문이었습니다. 실제 나이로는 순이와 나는 동갑입니다. 그런데 사진에는 여덟 해나 차이가 있는 게 아닙니까?

순이의 나이는 열두 살 그냥 그대로인데, 나는 지금의 나이 스무 살이니까요. 그동안 나만 여덟 해 나이를 더 먹은 것입니다.

생각하면, 그도 그럴 수밖에 없는 일입니다.

사실 순이도 북한 땅 어디에 그냥 살아 있다면 꼭 내 나이와 똑같을 게 아닙니까? 그러나 나는 그 뒤 순이를 본 적이 없었습니다.

내 마음속에 살아 있는 순이는 언제나 열두 살 그대로입니다.

스무 살—스무 살이면 제법 처녀가 되었을 순이. 머리채를 치렁치렁 땋았을까? 제법 얼굴에 분을 발랐을지도 몰라. 지금은 노랑 저고리와 하늘빛 치마가 어울리지 않을 거야.

모처럼 찍어 준 꿈 사진도, 그런 걸 생각하니 우습기 짝이 없습니다.

그러나 내게 있어서는 이게 제일 귀한 보물이 아닐 수 없습니다. 사진을 가슴에 품은 채, 사진관 주인에게 몇 번이나 감사를 드리고 나는 그곳을 나왔습니다.

　벌써 아침 해가 하늘 높이 올랐습니다. 하루를 꼬박 굶었으나 나는 배고픈 생각이라곤 전혀 없었습니다.

　내가 처음 앉았던 뒷동산에 와 앉아 다리를 쉬며 가슴속에 간직했던 사진을 꺼냈을 때, 나는 또 한 번 놀라지 않을 수가 없었습니다.

　분명히 내가 넣었던 곳에서 꺼냈는데, 내가 사진관에서 받아 든 순이와 같이 찍은 사진은 아니었습니다. 그것은 내가 좋아하는 동화집 갈피 속에 끼여 있던 노란 민들레꽃 카드였습니다.

박송아지

어느 날 오후, 선생님은 창덕이에게 온 엽서 한 장을 내어 주시며,

"박송아지라는 건 누구냐?"

하고 물으셨습니다.

너무 뜻밖에 물으시는 선생님의 말씀에 창덕이는 무어라고 대답했으면 좋을는지 몰라, 그만 어리둥절해 버렸습니다.

"박송아지라니요?"

"그 편지를 읽어 보렴. 박송아지도 잘 있느냐고 씌어 있지 않니?"

"예에……."

창덕이는 빙그레 웃었습니다.

"누구의 별명인 게로구나. 우리 반 애 별명이냐?"

"아니에요."

"그럼, 다른 반 애냐?"

"아니에요."

"그럼, 너희 마을에 사는 애냐?"

"아니에요."

"그럼, 어디서 사니?"

"저어……, 살기는 우리 집에 살아요."

"너희 집에? 그런 걸 왜 너희 마을에 살지 않는다고 그랬니? 너희 집은 너희 마을에 있지 않니?"

"그렇지만 그건 누구의 별명도 아닌데요."

"별명이 아니면 뭐냐?"

"그게 우리집 송아지예요."

"송아지야? 딴은……, 내 성이 박가니끼 니희 집 송이지도 박송이지라고 그랬나 보구나. 그래, 그건 누가 붙였니? 너희 아버지가 붙였니, 네가 붙였니?"

"제가 그랬어요."

"그건 또 왜?"

"우리 마을에도 여러 집에 송아지가 있지 않아요. 그저 송아지라면 누구네 송아지인지 알 수 있겠어요? 그렇지만 성을 붙이면 뉘네 송아지인지 알 수 있지 않아요?"

창덕이는 다시 말을 이어,

"제가 우리집 송아지를 박송아지라고 그런 건 그래서만이 아니에요. 박송아지는 나와 제일 친한 내 동무예요."
하고, 창덕이는 박송아지에 대한 이야기를 시작했습니다.

앞뒷동산에 진달래, 철쭉이 피면 버들피리 만들어 부는 봄도 좋지만 흰 눈이 푹푹 쏟아지는 겨울도 창덕이에게는 싫지 않았습니다. 산으로 삥 둘러 있는 이런 시골 동네에 눈까지 내리면, 조용하던 마을은 한층 더 조용해집니다.

창덕이는 새덫과 족제비덫을 만들어 여기저기 갖다 놓았습니다. 족제비덫은 저 혼자 만들 수 없으니까, 아버지더러 만들어 달라고 합니다.

지난겨울, 창덕이는 족제비덫을 세 개나 만들어 산 밑에 갖다 놓았습니다. 족제비는 잡으면 큰돈이 생깁니다. 쥐를 잡아 미끼를 달아 족제비덫을 놓았습니다. 창덕이는 아침마다 일찍 일어나 족제비덫을 보러 갔습니다. 그러나 족제비는 좀처럼 잡히지 않았습니다.

눈이 많이 내린 어느 날 아침, 창덕이는 또 족제비덫을 보러 갔습니다. 언제나 뻗친 대로 있던 덫이 덜컥 내려앉아 있었습니다.

창덕이는 가슴을 두근거리며 덫 위에 놓인 큰 돌을 굴리고 덫을 들어 보았습니다. 정말 덫 속에는 누우런 족제비가 깔려 죽어 있었습니다. 창덕이는 너무 좋아서 족제비를 가지고 집으로 돌아왔습니다.

아버지는 정성스럽게 가죽을 벗겨 동물 표본을 만들듯이 가죽 속에 짚을 넣어 산 족제비처럼 해서 달아 말렸습니다.

지난겨울 창덕이는 족제비를 세 마리나 잡았습니다.

창덕이 아버지는 족제비를 장에 갖다 팔아 가지고 올 적마다,

"이건 창덕이 돈이니까 따로 잘 두어야지!"

하고 말씀하시었습니다.

어느 따뜻한 봄날이었습니다. 장에 가셨던 아버지가 조그만 송아지 한 마리를 데리고 집으로 돌아오셨습니다.

"아버지, 이게 뉘네 송아지유?"

"그거, 네 송아지다. 네 족제비 판 돈으로 산 게다."

창덕이는 꿈같이 기뻤습니다.

"내 송아지 사 왔다. 내 송아지 사왔다."

하며 송아지 앞에 가서 깡충깡충 뛰었습니다.

이튿날 아침, 창덕이는 누구보다도 일찍 일어나 송아지한테로 갔습니다.

"송아지야, 네 이름은 뭐냐? 내 이름은 박창덕이다. 넌 몇 살이냐? 난 열두 살이다. 오늘부터 너도 우리 식구가 되었으니 네 성도 '박가라구' 그러자."

창덕이는 학교에 가기 전, 아침 일찍이 송아지를 데리고 노오란 민들레가 핀 길가를 나란히 걸었습니다. 송아지는 아직 풀을 잘 뜯을 줄 모릅니다.

학교에서 돌아오기가 바쁘게 창덕이는 송아지를 데리고 또 풀밭으로 갔습니다. 창덕이가 시냇가 언덕에 올라 버들피리를 불면 송아지는 우두 커니 섰다가 먼 곳을 바라보고는,

"음매애……."

하고 울었습니다. 그럴 때마다 창덕이는 이렇게 생각했습니다.

'박송아지는 아직 모든 게 낯설어서 그런다. 떨어져 온 엄마가 그리워서 그런다. 송아지야! 우리 식구가 모두 네 엄마가 되어 주마. 송아지야! 어서 크거라.'

겨울 날씨치고는 몹시 따뜻한 날이었습니다.

창덕이가 혼자 방에서 책을 읽고 있는데 누가 찾아와서,

"너희 집 식구 모두 몇이냐?"

하고 물었습니다.

"아버지, 어머니, 누나, 그리고 창덕이, 그러니까 네 사람입니다."

라고 대답해야 하겠는데 창덕이는,

"다섯입니다."

하고 대답했습니다. 박송아지를 자기네 식구의 한 사람으로 빼기가 싫었기 때문입니다.

"그래, 다섯 사람 다 글 볼 줄 아니?"

"저어……, 우리 박송아지만은 모릅니다."

"그럼, 박송아지는 내일부터 야학에 보내라. 야학에서 글을 가르쳐 줄 테니……."

"박송아지를요? 박송아지는 사람이 아니고 우리 집 송아지인데요."

"송아지야? 송아지에게 무슨 성이 다 있어? 고놈 참 맹랑한데."

동회(동사무소)에서 글 모르는 사람 조사 왔던 이는 하도 어이가 없어 껄껄 웃고 돌아갔습니다.

이 일이 있는 후로부터 박송아지는 굉장히 소문이 났습니다.

정말 박송아지도 이제 몰라보게 컸습니다. 창덕이는 이제 제가 초등학교를 졸업하고 중학교에 들어가게 되면 박송아지의 이름을 '박소'라고 고친다고 합니다.

영희네 사랑에서는 동네 어른들이 모여 장기를 두느라고 야단이고 마당에서는 동네 아이들이 모여서, "와아, 와아." 떠들었습니다.

창덕이는 박송아지를 데리고 영희네 마당에 갔습니다. 마당에서 놀던 아이들이 박송아지 있는 데로 모여들며,

"야아, 박송아지 왔구나."

"박송아지 요즈음 야학에 다닌다지?"

"인제 '바둑아, 바둑아' 다 배웠다지?"

"편지도 좍좍 읽는대……."

"한문자도 아나?"

"알 테지……."

"그럼, 신문도 막 읽겠네."

하고 모두들 웃고 떠들어 댔습니다.

그날 밤, 창덕이는 자리에 누워 곰곰이 생각해 봤습니다.

'정말 짐승에게는 글을 가르쳐 줄 수 없을까? 우리 박송아지도 글을 읽을 줄 안다면 얼마나 좋을까?'

이튿날도 창덕이는 박송아지를 데리고 영희네 마당에 갔습니다.

누가 시작했는지 또 야학 이야기가 났습니다.

"정말 박송아지가 '가' 자라도 알까?"

"'가' 자가 뭐야, 신문을 죽죽 읽는다는데."

"신문은 몰라도 '바둑아, 바둑아'는 안대……."

"거짓말!"

"창덕아, 그래 그게 정말이냐?"

아이들이 창덕이에게 모여들었습니다.

"알지 않구."

창덕이는 시치미를 떼고 이렇게 대답하였습니다.

"거짓말!"

"누가 거짓말이래?"

"그래, 정말이냐?"

"정말이 아니고……."

"그럼, 우리 정말인가 거짓말인가 박송아지에게 물어보기로 하자."

"참, 그게 좋다."

하고는 아이들은 '와아' 하고 웃어 버렸습니다.

"자, 우리 이렇게 하자."

하고 창덕이가 이야기를 시작했습니다.

"내가 인제 종이쪽에 글을 써서 줄 테니, 누가 그걸 가지고 가서 송아지에게 보이면 송아지가 큰 소리로 읽을 게 아니야. 그 다음, 우리가 그 종이를 보면 바로 읽었는지 틀렸는지 알 수 있지 않아."

"그래, 좋다. 그게 좋다."

아이들이 또 한바탕 '와아' 하고 떠들어 댔습니다.

창덕이는 저 혼자 종이쪽에 무어라 벅벅 쓰더니,

"자, 누가 가지고 갈 테냐?"

하고 아이들을 둘러보았습니다.

"내가 가마, 내가 가마."

모두들 제가 간다고 야단들이었습니다.

창덕이는 제일 어리고 얌전한 영구에게 글 쓴 종이를 주었습니다.

"너도 미리 보아서는 안 돼!"

"그래, 안 볼게."

영구는 글 쓴 종이를 가지고 박송아지 앞으로 갔습니다.

영구가 무얼 불쑥 내미는 것을 본 박송아지는 먹을 것이나 주는 줄 알았더니, 그건 종이였습니다. 박송아지는 속았다는 듯이 언제나 하는 버

릇으로,

"음매애……."

하고 울며 고개를 돌렸습니다.

"자, 읽었다. 인젠 글 쓴 종이를 가지고 와."

창덕이는 무슨 큰일이나 생긴 듯이 떠들었습니다.

제 생각대로 된 것이 여간 기쁘지 않았습니다.

아이들은 영구의 종이 쪽지에 벌 떼같이 모여들었습니다.

"정말 '음매애'라고 썼구나."

"참 잘 읽는데!"

"됐어, 야학에 다니더니……."

아이들은 정말 재미가 있다는 듯이 깔깔깔 웃어 댔습니다.

"사, 이만하면 우리 박송아지는 인제부터는 야학에 안 다녀도 된다는 것을 알아야 해!"

창덕이는 이렇게 막 뽐냈습니다.

이 일이 있은 뒤로 박송아지의 소문은 한층 더 높아졌습니다. 겨울 동안, 글 모르는 이들을 위하여 마을에서는 야학교가 한창입니다. 나이 많은 할머니들까지 나와 한글을 배우고 계십니다.

누가 글을 읽다 모르든지 틀리게 읽으면,

"우린 박송아지만도 못하다니……."

하곤 한바탕 웃어 대곤 합니다.

꾸러기와 몽당연필

　내 동생 이름은 영식이입니다. 그러나 우리 언니와 나는 내 동생 이름을 영식이라고 부르지 않아요. 이름 대신에 별명을 부릅니다.
　여러분은 내 동생의 별명이 무엇인지 알고 싶지요? 아주 재미있는 별명이에요. 내 동생의 별명은 '꾸러기'랍니다.
　꾸러기라는 게 무엇인지 아시겠어요? 장난꾸러기, 잠꾸러기, 말썽꾸러기, 욕심꾸러기 하는 꾸러기 말입니다. 참말 내 동생은 무척 장난꾸러기, 또 지독한 잠꾸러기랍니다. 내 말이 거짓말인가 아닌가, 조오기 조기 우리 어머니가 와 앉아 계실 테니 물어봐 주셔요. 아마 낮에 장난을 너무 하니까 고단해서 그런지도 모르지요. 벌써 초등학교 2학년인데도 아침마다 어머니께서,
　"얘, 영식아! 이제 그만 자구 어서 일어나 세수하구 옷 갈아입구 학교

에 가야 하지 않니? 학교 시간 늦을라."

그래도 꾸러기는 쿠울쿨 잠만 잔답니다.

우리들이 조반을 다 먹고 학교 갈 준비를 할 때에야 꾸러기는 부스스 일어나서 걸신들린 사람처럼 밥을 푹푹 퍼먹고는,

"나 책가방 줘!"

하고는 학교로 내빼는 것입니다.

"영식아! 아무리 바빠도 '학교에 다녀오겠습니다.' 하고 인사는 하고 가야 하지 않니?"

하고 어머니가 웃으시면

"어머니, 학교에……"

하고 말을 채 끝마치지도 않고 대문 밖으로 내빼는 꾸러기입니다.

그러나 대문을 나서 한 골목을 돌면 그저 그만, 아무 바쁜 일이 없는 것 같은 꾸러기입니다.

길가 집 울타리에 개나리가 봄볕에 활짝 폈습니다.

꾸러기는 걸음을 멈추고 서서 정신없이 개나리 울타리를 바라봅니다.

"저 꽃 한 가지만 줬으면……."

그렇지만 하는 수가 없어서 또 걸어가지요. 빈터가 있는 길가 풀밭을 그냥 지나쳐 버리지 못하는 꾸러기입니다.

"앉은뱅이꽃이 아직도 안 폈나?"

무얼 잃어버린 사람처럼 두리번두리번 하는 것이 보통입니다.

그러니까 지각이라는 것은 예사예요. 그래서 학교에서는 한 반 동무들이 '대장'이라고 부른다나요. 얼른 들으면 훌륭한 이름 같지요? 그렇지만 대장 위에 '지각'이란 말이 붙는답니다. 그러니까 '지각대장'이 아니겠어요? 어떤 애들은 '빵꾸차'라고까지 부른다나요. 그건 좀 안됐지요?

그런데 오늘 아침, '꾸러기', '지각대장', '빵꾸차'라는 별명 부자 내 동생 영식이는 학교 가는 길가 풀밭에서 노오란 민들레꽃 한 송이를 따 들었습니다.

"길가에 민들레도 노랑 저고리,

첫 돌맞이 울 아기도 노랑 저고리."

내가 국어책 읽는 흉내를 내며 너무 좋아서 깡충깡충 앙감질을 하며 학교로 갔다는 것입니다.

영식이가 토끼처럼 깡충깡충 뛸 때마다 영식이 책가방에서는 짤랑짤랑 소리가 났을 게 아니에요? 영식이는 신이 나서 한층 더 깡충깡충 뛰었을 거예요.

그 바람에 필통 속에 들었던 조그만 몽당연필이 필통 구멍을 쏘옥 빠져나와 책가방 담장을 훌쩍 뛰어넘어 풀밭에 살짝 숨어 버렸대요.

영식이가 그런 걸 알 까닭이 있겠어요? 필통에는 지우개와 칼과 크레용 부스러기가 남아 있으니까, 그대로 짤랑짤랑 소리는 날 테니까요.

필통에서 빠져 나온 몽당연필은 너무 시원해서,

'아이 시원해! 이젠 갑갑하지도 않구, 그 장난꾸러기 손에서 빠져 나왔으니 속이 시원하다. 글쎄 내 키가 요게 뭐람? 꼭 난쟁이야. 다른 동무들은 아직 다 키가 큼직들 할 텐데…… 이틀 동안에 요 모양이 됐으니……. 그놈의 꾸러기라는 자식, 어머니가 공부하라면 공부는 하지 않고, 그저 칼을 가지고 나만 못살게 굴지 않아! 글쎄 아무 죄도 없는 필통은 왜 입으로 물어뜯느냐 말이야. 그 덕분에 내가 빠져나올 수는 있었지만…….'

몽당연필이 이런 생각을 하고 있는데,

"매애해해…… 매애해해……."

하고 염소 소리가 들려왔대요. 몽당연필은 그만 소름이 좌악 끼쳤을 게 아니에요? 고개를 가만히 쳐들고 있으려니까 염소 한 마리가 점점 자기 있는 데로 다가오고 있었대요.

'아유! 이걸 어쩌나! 염소는 종이를 잘 먹는다는데, 나도 통째로 삼켜 버리지나 않을까?'

울상이 된 몽당연필은 몸을 웅크리고 풀잎 아래 꼭 숨어 버렸대요. 다행히 염소가 딴 데로 지나가 버리니까 그제야 몽당연필은,

"휴우……."

하고 길게 한숨을 내뿜었을 테지요.

몽당연필은 갑자기 영식이가 그리워졌답니다.

'필통엔 연필이라곤 나밖에 없었는데, 오늘은 연필이 없어서 어떻게 공부를 할까? 선생님께 꾸중이나 안 들을까?'

온종일 몽당연필은 영식이 생각만 했대요. 그러나 봄볕에 몸이 노곤해

서 그만 깜빡 잠이 들어 버렸대요.

"야아, 여기 내 몽당연필이 떨어졌구나!"

몽당연필이 깜짝 놀라 깨어 봤더니 벌써 자기는 어느새 영식이 손에 쥐어져 있었답니다.

"내 연필아, 내가 잘못했어! 죄 없는 너만 자꾸 깎아 버렸기 때문에 이렇게 작아졌어! 오늘은 연필이 없어서 아주 혼이 났단다. 내 옆에 앉은 웅길이에게 연필을 빌려 달랬더니, '자아식! 연필도 안 가지고 공부하는 자식이 어디 있어?' 하면서 너보다 작은 연필을 빌려 주잖아. 그래도 손에 잘 쥐어지지도 않는 그 연필 때문에 선생님께 꾸중을 안 들은 거야. 너는 아직 쓸 날이 멀었어. 인제부턴 참말 아껴 쓸래……."

잃어버렸던 연필을 다시 찾은 영식이는 얼마나 기뻤겠어요? 아니, 그보다 영식이를 다시 만난 몽당연필이 한층 더 기뻤을는지도 모르지요.

어머니의 초상화

1

　서울서 한 이백 리 떨어진 곳이었다. 뒤로 나지막한 산이 병풍처럼 둘러 있고, 툭 터진 앞벌이 바라보이는 산 밑에 아담한 흰 회벽 집이 서 있었다. 마을 사람들이 사는 집들에 비하면 너무 깨끗하고 큰 이 집이 바로 백합 보육원이다.
　이 보육원에 육칠십 명밖에 안 되는 고아들이 살고 있지만, 어느 보육원보다 아이들의 옷차림이 깨끗한 것이 누구의 눈에나 띌 것이다. 뿐만 아니라, 이 보육원에 계신 보모 선생님들도 모두 마음씨가 착한 분들이어서 아이들이 잘 따랐다.
　그중에도 얼굴이 보름달같이 둥글고 어글어글하게 생긴 안 선생님은 어느 아이 하나도 싫다고 하지 않았다. 밤낮없이 벙글벙글 웃으시는 안 선생님을 아이들은 큰누나 같이 또 어머니 같이 따랐다.

그러던 것이 요즈음 차차 아이들은 이 안 선생님을 조금씩 미워하기 시작했다. 그렇다고 안 선생님 보는 데 내놓고 그런 눈치를 보이는 아이는 아직 하나도 없었다.

만일 그런 눈치를 아신다면 안 선생님이 가만히 안 계실 것이다. 그야말로 큰일이 났다고 밤잠을 안 주무시고 걱정을 하실 것이며, 그 까닭을 알아보실 것이다.

그런 눈치를 조금도 모르시니까, 오늘도 안 선생님은 아이들을 대할 때마다 벙글벙글 웃으시기만 하신다.

왜 그렇게 마음이 좋으시고 아이들을 사랑해 주시는 이 안 선생님의 인기가 차차 떨어지는 것일까? 안 선생님이 아이들을 차차 덜 사랑하시기 때문일까?

그럴 리가 없다. 안 선생님은 점점 더 아이들을 사랑하시고, 아이들을 위해 걱정하고 계신다. 안 선생님이 아이들을 생각하지 않는 시간이란 밤에 잠이 든 그때밖에 없을 것이다.

딴 방에 볼일이 있어서 총총걸음으로 가시다가도 어떤 애가 코를 흘리면 문득 멈춰 서서,

"얘, 이리 와!"

하고는 자기 손수건으로 코를 닦아 주고 가시는 것이다.

아이들의 손을 만져 보시다가 손톱이 길면 그 자리에서 꼭 깎아 주시는 게 안 선생님이시다. 어제나 오늘이나 똑같으시다.

2

한 스무 날 전에 이 보육원에 춘식이라는 애가 새로 왔다.

좀처럼 새 아이가 들어오지 않는 보육원이다. 왜냐하면 모두들 그렇게 잘해 주니까 나가는 아이가 없는 까닭이다.

그런데 춘식이가 이 보육원에 온 것은 나간 아이 자리를 메우려 해서가 아니었다. 딱한 사정이 있어서 어느 목사님의 소개로 온 모양이다.

보육원 선생님들은 새로 온 춘식이에게 잘해 주셨다. 아직 모든 생활이 서투르기도 하겠고, 동무들과도 낯이 설어서 곧 어울려 놀 수도 없을 것이라 생각해서였다.

안 선생님이라고 춘식이에게 잘해 주지 않으실 까닭이 없었다. 다른 선생님과 같이, 또 다른 애들처럼 춘식이에게도 잘해 주셨다.

그러나 하루 이틀 날이 지나면서 딴 선생님은 춘식이도 이제 이 보육원에 새로 들어온 아이는 아니라고 생각해서 딴 애들보다 다르게 다루어 주지를 않기 시작했다. 그럴 수밖에 없는 것이 그 선생님들은 지금 춘식이가 얼마나 딴 동무들과 친해졌는지 춘식이는 늘 무얼 생각하고 있는지 하는 것을 알아보려 들지 않으셨기 때문이다.

그러나 안 선생님은 이때부터 다른 아이들보다 춘식이를 더 돌봐 주어야겠다고 생각하셨다.

'춘식이는 아이들 속에 아직 어울려 놀지를 못한다. 못하는 것이 아니

라 않는 것이다. 그 까닭은 새로 들어와서 낯설기 때문만은 아닐 것이다.'

 이렇게 안 선생님은 춘식이에 대한 생각을 더 갖기 시작하였다. 그야 그럴 수밖에 없는 일이다.

 안 선생님이 늘 마음속으로 생각하고 있는 일 중에,

 '어떤 아이를 더 귀여워해서는 안 된다. 오십 명이면 오십 명, 백 명이면 백 명의 어린이를 똑같이 귀여워해 주어야 한다.'

 이런 생각이 웬일인지 춘식이를 본 뒤엔 그만 점점 잊히기 시작하셨다.

3

 눈치민 남은 보육원 아이들이 그런 안 선생님을 모를 까닭이 없다. 그러나 아이들도 처음엔 딴 선생님같이 그저 며칠 동안만 그러리라 했었다. 그러나 날이 가면 갈수록 더해 가는 데는 아이들도 기분이 상하기 시작했다. 춘식이 자신이 다른 아이들 속에 섞여 놀려 하지 않은 것은 물론, 요즈음에 와선 아이들 속에 섞여 놀려 해도 아이들이 받아주지 않을 정도가 되어 버렸다.

 그런 걸 아직 모르시는 안 선생님은 오늘도 춘식이가 보이지 않으니까 운동장을 이곳저곳 내다보고 계셨다. 아무리 찾아봐도 눈에 띄지 않는다.

"어제는 운동장 한구석 모래밭에 앉아서 글씨를 쓰는지 그림을 그리는지 고개를 숙이고 땅을 바라보더니, 오늘은 왜 거기도 없을까?"

안 선생님은 문득 생각나는 것이 있었다.

"옳아! 저 밤나무 그늘에 가 있을 거야! 저번에도 거기서 내가 본 일이 있어!"

안 선생님은 술래잡기라도 하는 아이처럼 가만가만 운동장 옆에 있는 밤나무 그늘로 가셨다. 두리번두리번 찾아보며 걸어도 춘식이는 보이지 않는다.

'참 이상한 일이다. 그럼 춘식이는 어디 갔을까? 도망이라도 친 것일까? 그럴 리는 없다!'

이런 생각을 하신 안 선생님은 조금 더 밤나무 숲으로 들어가셨다. 바로 커다란 밤나무 그늘에 춘식이가 혼자 앉아 있는 것이다. 책을 읽고 있는 모양이다. 그러니까 안 선생님이 오신 것을 알 까닭이 없었다.

안 선생님은 고개를 숙이고 살살 기듯이 빙 돌아 춘식이가 앉아 있는 뒤쪽으로 갔다. 바로 밤나무 뒤에까지 발돋움을 하고 갔으나 춘식인 전혀 모른다.

안 선생님은 춘식이가 무얼 하는가를 조용히 지켜보고 계신다.

춘식이는 잡지책을 뒤적거리고 있다. 책이 읽고 싶은 것 같지도 않다. 그저 뒤적거린다. 그림을 보고 있는 것 같다. 그러나 휙휙 넘겨 버리는 것을 보아서 그림을 보려는 것 같지도 않다. 그런데 한 페이지를 펴 놓

곧, 오래오래 들여다보고 있는 것이다.

안 선생님은 그게 무슨 그림일까 하고 춘식이 어깨 너머로 잡지책에 그려져 있는 그림을 바라보셨다. 그것은 여자의 얼굴이었다. 예쁘장하게 생긴 젊은 여자의 얼굴이었다.

'애가 왜 저 그림을 그렇게 오래 들여다보고 있는 것일까?'

안 선생님은 다음 춘식이의 행동을 지켜보고 계셨다. 그림을 뚫어져라 들여다보며 춘식이는 길게 한숨을 쉬더니 두 눈을 꼬옥 감았다. 그러다간 다시 두 눈을 떠 그림을 들여다보았다. 이렇게 하기를 몇 번, 춘식이는 잡지책을 덮더니 벌떡 일어섰다. 이제 다시 보육원 자기 방으로 들어가야 되겠다고 생각한 모양이다.

춘식이는 천천히 걸어갔다. 안 선생님은 아무 말 없이 그걸 지켜보고만 계셨다. 춘식이가 자기 방으로 간 뒤에 안 선생님은 안 선생님대로 자기 방으로 들어가셨다. 그러니 춘식이는 그런 걸 알 까닭이 없다.

4

이튿날이었다. 역시 춘식이는 운동장에 없었다.

안 선생님은 또 어제 그 부근을 가만가만 걸어가셨다. 춘식이는 바로 어제 그 커다란 밤나무 아래에 또 와 앉아 있었다. 어제와 똑같이 안 선생님은 또 춘식이의 등 뒤에 와 서 계셨다.

그러나 오늘은 춘식이가 어제처럼 잡지책을 들고 나와 그림 속에 있는 여자의 얼굴을 바라보고 있지는 않았다.

춘식이는 조그만 종이쪽을 잡지책 위에 받쳐 놓고 그림을 그리고 있는 것이다. 바로 어제 잡지책에서 보던 것 같은 여자의 얼굴을 그리고 있는 것이다. 웬일인지 그림을 그리다가는 고개를 갸우뚱하곤 했다. 그림이 뜻같이 안 되어서라고 안 선생님은 처음 생각하셨다. 그러나 그런 것만 같지 않다.

춘식이는 그림을 그리다 말고 연필을 든 채 두 눈을 감고 가만히 앉아 있기도 했다. 그러다 또 고개를 갸우뚱하고는 그림을 그리곤 했다.

무슨 생각이 났는지 춘식이는 어제 그 그림을 꺼내 보고 다시 그림을 그리기 시작했다.

5

밤나무 숲을 잘 찾아가던 춘식이가 오늘은 웬일인지 햇볕이 쨍쨍 내리쬐는 운동장 한구석에 가만히 웅크리고 앉아 있었다.

"웬일일까?"

안 선생님은 이상해서 슬금슬금 그리로 가 보셨다. 그 따가운 여름 볕을 쬐며 춘식이는 덜덜덜 떨고 있는 것이었다.

"아니, 춘식아! 너 어디 아프냐?"

"예, 자꾸 떨려요! 오싹오싹 자꾸 추워요!"

춘식이는 이빨을 떡떡떡 맞부딪치며 떨고 있었다.

"옳아! 애가 말라리아에 걸렸구나!"

안 선생님은 곧 춘식이를 데리고 자기 방으로 가셨다.

"자! 이불을 쓰고 누워라!"

다른 때 같으면 싫다고 했을 춘식이도 이렇게 몸이 떨리니까 아무 말도 없이 선생님의 이불을 뒤집어쓰고 드러누웠다.

얼마 동안 떨고 난 춘식이의 몸은 그냥 불덩어리가 되어 버렸다. 열이 오르기 시작한 것이다.

"의사 선생님을 불러와야지!"

안 선생님은 곧 보육원 의사 선생님을 청해 오셨다. 안 선생님 말씀대로 말라리아라고 하셨다.

"아는 병이니 그렇지……. 열이 40도로 오른답니다. 그러나 곧 내리니까 걱정할 건 없습니다."

주사를 한 대 놓아 주시고 의사 선생님은 가셨다.

안 선생님은 찬 물수건으로 춘식이의 머리를 식혀 주고 계셨다.

"어머니! 어머니!"

춘식이는 헛소리를 하기 시작했다. 무슨 말인지 잘 알아들을 수 없는 말을 자꾸 했다. 두 손을 내젓기도 했다.

그 많은 헛소리 속에서 안 선생님은 한 마디 똑똑히 들으신 게 있다.

"어머니! 이젠 가지 마셔요!"

하는 말이었다.

그러나 그 다음 춘식이는 몸부림을 쳤다. 눈물까지 흘러내렸다. 그러다가 춘식이는 조용했다. 열이 내리기 시작하니까 조금 잠든 모양이다.

안 선생님은 조금 마음이 놓이셨다. 자고 있는 춘식이를 지켜보고 계셨다. 어느새 방 안에는 반짝 전등불이 켜졌다.

6

춘식이는 살며시 눈을 떴다. 춘식이는 사방을 휘이휘 둘러보았다. 그리고 자기 머리맡에 안 선생님이 계신 것을 보았다.

"조금 잤나?"

빙그레 웃으면서 안 선생님이 물으셨다.

"열이 굉장했단다. 그래도 아는 병이니까, 내일하고 모레 의사 선생님께 가서 주사를 맞고 키니네를 며칠 계속해서 먹으면 다시 말라리아에 안 걸리지. 조금도 걱정할 건 없어. 처음이니까 그렇지……."

그러나 춘식이는 말라리아에 대한 생각을 지금 하고 있는 것이 아니었다.

"선생님! 인제 어머니를 만났어요."

두 눈을 스르르 감자, 눈에서 눈물이 주르르 뺨으로 흘러내렸다.

"그래?"

그 이상 안 선생님은 춘식이에게 위로해 줄 말을 찾지 못하였다.

"어머니가 날 찾아왔어요. 난 여태껏 어머니의 얼굴을 잊어 버렸어요. 이젠 뚜렷해요. 어머니의 얼굴 모습이……."

"그래?"

안 선생님은 또 이렇게 같은 말을 되풀이하실 뿐이었다.

"선생님, 나 어머니 만난 이야기해도 괜찮아요?"

"괜찮구말구……. 그렇지만 지금 춘식이는 무척 피곤할 텐데 말을 많이 해도 괜찮을까?"

"괜찮아요, 선생님두……."

아무렇지도 않다는 듯이 춘식이는 빙그레 웃었다.

"선생님, 내 이야기 들어주실 거죠?"

"그래, 들을게……."

안 선생님도 이렇게 되면 춘식이가 하려는 이야기를 막을 수가 없었다.

"난 무척 숲이 좋았어요. 혼자 숲속을 걷고 있었어요. 아까도……."

하고, 춘식이는 아까 열이 났을 때 어머니를 만났던 이야기를 시작했다.

"갑자기 어디서 예쁜 새 소리가 들려왔어요. 난 새 소리 나는 곳으로

발길을 재촉했어요. 그런데 새 소리는 바로 가까운 곳에서 들리는데 새는 보이지 않았어요. 웬일일까? 하고 자세히 보았더니, 커다란 소나무 그늘에 웬 할아버지 한 분이 앉아 퉁소를 불고 계신 것이 아니에요? 그 퉁소 소리가 꼭 새 소리같이 들린 거예요."

춘식이 귀에는 지금도 그 퉁소 소리가 들리는 것처럼 느껴지는 모양이었다.

7

"할아버지는 나를 보더니 퉁소를 그치시고 빙그레 웃으시며 어떻게 여길 왔느냐고 물으셨어요."

춘식이는 이렇게 이야기를 계속했다.

"그저 놀러 왔다고 내가 그랬더니, 할아버지는 넌 그리운 얼굴이 있지, 하고 묻는 것이 아니에요? 그래서 할아버지께서 다 아시며 왜 물으셔요? 했더니 할아버지는 또 한 번 빙그레 웃으시면서 내가 네게 어머니를 만나게 하여 주지, 내가 다시 퉁소를 불 테니 두 눈을 감고 있으라고 하셨어요. 난 그 말씀대로 했어요.

할아버지의 슬픈 퉁소 소리 속에 섞여 갑자기 어디서 '춘식아' 하고 부르는 소리가 들렸어요. 난 그게 어머니의 목소리라는 것을 알고 두 눈을 번쩍 떴어요. 그랬더니 흰 옷을 입은 어머니가 내 앞에 와 섰어요. 내가 '어머니' 했더니, 어머니는 날 꼭 껴안아 주셨어요."

춘식이는 두 눈을 감았다 뜨더니, 안 선생님의 얼굴을 한 번 쳐다보고 나서 다시 말을 이었다.

"꼭 안 선생님의 나이밖엔 안 됐어요. 난 우리 어머니가 이젠 퍽 늙으셨으리라 생각했어요. 그러나 하늘나라에선 나이를 먹는 일도 없고 늙는 일도 없대요. 그래서 내가 '어머니, 나도 하늘나라에 같이 데려가 주셔요.' 그랬더니 크지도 않고 자라지도 않은 네가 하늘나라에 가면 어떻게 하느냐고 하잖아요. 꼭 난쟁이같이 될 거래요.

그래 난 또 데려가 달라고 하질 못했어요. 어머니는 이젠 그만 가 봐야 되겠다고 하시잖아요. 난 깜짝 놀라 '어머니 가지 마셔요.' 하고 소리 내어 울었어요. 눈물이 어려 어머니의 모습이 흐려 버렸어요. 내가 눈물을 닦고 다시 어머니를 바라보려 했을 때는 벌써 어머니는 어디로 가셨는지 없었어요. 할아버지가 퉁소를 입에서 떼셨어요. 퉁소 소리가 끝나며 어머니가 가신 것 같아요.

할아버지는 빙그레 웃으시며, 어머니 얼굴이 이제 뚜렷해졌냐고 묻지 않겠어요? 그래서 나는 그렇다고 했더니, 할아버지는 내게 커다란 스케치북 하나와 연필 한 자루를 내주시지 않겠어요? 여기다 네 어머니의 얼굴을 그려 보라는 거예요. 머리에 뚜렷이 어머니의 얼굴이 남아 있을 때 말이에요."

춘식이는 그때 장면을 생각하는 듯 잠깐 말을 멈췄다.

8

"그래서 어머니의 얼굴을 스케치북에다 그렸니?"

"예, 그렸어요. 종이가 크기도 했고 연필도 굵어서 그리기가 참 좋았어요. 더구나 어머니의 얼굴 모습이 똑똑하니까 자신 있게 그림을 그릴 수 있었어요. 그림은 뜻대로 잘 그려졌어요. 그림이라기보다 어머니의 초상화였어요. 꼭 사진 같았어요."

"그래 참 기뻤겠군?"

"그렇게 기뻐 본 적은 없었어요. 아마 세상에 나서 처음일 거예요. 그러나……."

갑자기 춘식이는 맥이 풀린 말소리로, "그러나……." 소리를 했다. 으레 그러리라고 안 선생님도 생각지 않은 바는 아니었다. 안 선생님은 무슨 말을 했으면 좋을는지를 몰라, 가만히 앉으신 채 다음 춘식이의 말을 기다리고 있는 수밖에 없으셨다.

"그런데 참 이상하지요? 내가 그 스케치북에 그린 어머니를 가지고 숲속을 나왔더니 웬일인지……."

춘식이는 그 이상 이야기를 하지 못했다. 안 선생님이 춘식이의 말을 가로막으셨다.

"춘식아! 내일 내가 그 스케치북을 하나 사 줄게. 그림 그리는 연필하고……. 다시 그리면 되지 않아? 한 번 그려 보았으니까 이번엔 더 잘 그릴 수가 있을 것 아니냐?"

안 선생님의 말씀에 춘식이의 두 눈은 갑자기 빛났다.

"선생님, 정말 제게 그런 스케치북과 연필을 사 주시겠어요?"

"사 주고말고……. 어서 나아서 내일 저 밤나무 숲에 가서 어머니 얼굴을 그려 봐!"

춘식이는 빙그레 웃더니 다시 두 눈을 스르르 감았다. 또 두 줄기의 눈물이 주르르 뺨으로 흘러내렸다.

"춘식아! 이제 그만 자야지! 내일 그림도 그리고 책도 읽고 해야지……."

"선생님, 저 오늘 밤 이 방에서 자요?"

갑자기 묻는 춘식이 말에 안 선생님도 어리둥절하셨다는 듯이,

"그럼 여기서 안 자구?"

하셨다.

"내 방에 가서 자야 하지 않아요?" 하고 춘식이는 따지지 않았다.

그리리라고 짐작은 했으나 하룻밤이라도 안 선생님 방에서 잘 수 있다는 것을 생각하니 정말 꿈같이 기뻤다.

9

이튿날 춘식이는 자리에서 일어나긴 했으나 머리가 띵한 게 이상했다. 밥을 먹어도 쓰고, 찬물을 마셔도 도무지 맛이 없었다. 게다가 선생님이 주시는 노오란 알약은 말할 수 없이 썼다. 그러나 안 먹을 수가 없었다.

약을 먹기는 싫어도 안 선생님이 물을 떠 가지고 와서 지켜보고 계신 것이 춘식이에겐 무척 좋았다.

"춘식아! 내가 어젯밤 네게 약속한 것 잊지 않았지? 이따가 내가 나가사 가지고 올게, 그림을 그려 봐! 혹시 오늘 피곤하면 푹 쉬어도 좋구!"

"괜찮아요!"

얼른 춘식이가 이렇게 대답하는 소리를 들으신 안 선생님은 지금 당장 스케치북과 연필을 사다 주어야겠다는 생각이 드셨다. 그만큼 춘식이는 그림을 그리고 싶은 것 같았다.

'그럴 것이다. 어머니의 모습이 머리에 뚜렷할 때 그림을 그려 보려는 게지.'

안 선생님은 부랴부랴 스케치북을 사러 나가셨다. 바로 가까운 곳에 그런 것이 있을 리 없다. 학교 마을에 가야 있다. 겨우 딴 선생님께 핑계를 대고 안 선생님은 밖으로 나왔다.

얼마 뒤 안 선생님은 스케치북과 그림 연필, 그리고 크레용까지 사 가지고 돌아오셨다.

춘식이는 안 선생님 방에 갔다. 자기를 부르신다는 소리에 너무 좋아 가슴을 두근거리며 간 것이다.

선생님은 종이에 싼 것을 춘식이에게 주시며,

"열심히 그려라."

하고 빙그레 웃으셨다.

"선생님, 고맙습니다."

꾸벅 인사를 하고는 춘식이는 나가 버렸다.

춘식이는 안 선생님이 가르쳐 주시는 공부 시간에도 방에 없었다.

다른 선생님도 춘식이 이야기를 하셨다.

"아마 어제 말라리아를 앓더니, 어디 가서 누워 있는 게죠."

안 선생님은 이렇게 말씀하셨다. 그러나 어느 선생님보다 안 선생님은 춘식이 일이 궁금하셨다.

지금 춘식이는 커다란 밤나무 아래 가 앉아 열심히 어머니 얼굴을 그리고 있을 게 뻔한 일이다. 그러나 혹시 춘식이가 어머니의 얼굴을 그리다가 뜻대로 안 된다면 어쩌나 하고 은근히 걱정이 되셨다.

10

정말 춘식이는 밤나무 숲 바로 그 나무 그늘에 앉아 스케치북에 어머니의 얼굴을 그리기 시작했다.

처음에 어머니의 얼굴 테두리를 보름달같이 둥글게 그렸다. 그리고 눈이며 코며 입을 하나씩 정성스럽게 그렸다. 그렇게 머릿속에 어머니 얼굴 모습이 뚜렷했다. 어젯밤 꿈속에서 그리던 것보다 그림은 더 멋지게 되는 것 같았다.

맘먹은 대로 어머니의 얼굴 모습이 잘 그려졌다. 춘식이의 마음은 무척 기뻤다. 얼마나 오랫동안 앉아 그렸는지 춘식이는 통 시간 가는 줄을 모르고 있었다. 그림이 다 되었을 때에야 춘식이는 이제 그만 가 봐야겠다는 생각이 났다.

'가만히 가지고 있다가 밤에 남몰래 선생님 방에 가지고 가서 어머니 자랑을 해야지! 우리 어머니도 안 선생님처럼 예쁘게 생겼다고…….'

춘식이는 보육원 운동장으로 들어섰다. 그때 아이들 몇이 춘식이 곁으로 다가오며,

"얘, 춘식아! 너 어디 갔댔니? 공부 시간에 빠지고……. 너 그러다 야단 맞는다. 벌써 온 지 한 달 가까이 된 자식이 왜 그 모양이야? 손님처럼 새침해서……."

"그 자식은 바보야! 우리들이 무서우니까 한데 어울리기를 싫어하는 거야!"

"그러니까 안 선생님만 조올졸 따라다니지……."

"너 또 안 선생님한테 가서 고자질해라!"

"흥, 고자질을 했다간 없지, 없어!"

주먹을 춘식이 눈앞에 가져다 보이며 말하는 애까지 있었다.

그래도 춘식이는 아무 말이 없었다. 누가 무어래도 오늘처럼 마음이 흐뭇한 날은 없었다. 그것은 잃어버렸던 어머니를 다시 찾은 날 같이 생각되었기 때문이다.

춘식이는 까부는 아이들을 바라보며 빙그레 웃기까지 했다.

"이 자식이!"

아이들은 싸울 수 있는 핑계를 잡았다고 생각했다.

"이 자식이 누굴 비웃는 거야?"

웬 아이 하나가 춘식이 앞에 턱 버티고 나섰다.

11

춘식이 눈엔 불꽃이 일었다. 아이들은 춘식이를 여태껏 바보같이만 여겼었다. 그러나 지금의 춘식이는 성난 황소 같았다. 그 불붙는 두 눈과 꼭 깨문 입술엔 자신이 있어 보였다. 누가 넘벼들어도 문제없다는 표정이었다.

춘식이 앞에 덤벼들던 큰 아이는 이 바람에 조금 멈칫했다.

그러나 결국 손해는 춘식이가 본 것이다. 춘식이가 손에 들고 있는 스케치북을 또 다른 애가 빼앗아 들고 도망치려 했다.

깜짝 놀란 춘식이는 그걸 빼앗기지 않으려 했으나 원체 많은 아이들이 덤벼드는 바람에 빼앗기고야 말았다.

춘식이가 그 아이를 따라가면 그 아이는 손에 들었던 스케치북을 훌쩍 딴 아이에게 던지는 것이었다. 마치 공 던지기를 하는 식으로 스케치북은 여러 아이들의 손으로 넘어갔다. 그러니 춘식이는 도저히 그걸 따라가 빼앗을 수가 없었다.

그러다가 웬 아이 하나가 그 스케치북을 받아 들고 뺑소니를 치기 시작했다. 그러자 아이들은 와아 하고 그리로 몰려가기 시작했다.

춘식이도 그리로 따라가려 했다. 그런데 아이들 몇이 춘식이의 앞을 가로막았다.

"비켜, 이 자식!"

춘식이는 아이들을 밀쳤다.

"흥, 이 자식이 막 친다?"

하자, 아이들의 한 패가 춘식이 앞에 모여들었다.

"자, 덤벼들어 봐라!"

춘식이는 조금도 무서워하지 않았다.

아이들은 좀처럼 덤벼들지를 못했다. 그 장면은 그것으로 그쳤다. 잠깐 동안이었으나 스케치북을 가져간 아이들의 간 곳을 춘식이는 알 길이 없다.

바로 거기 안 선생님이 나타나셨다.

"춘식아! 왜 아이들과 싸우니?"

춘식이는 분했다. 제가 싸운 것이 아니요, 아이들에게 놀림을 받고 있는 것을 안 선생님은 모르고 하시는 말씀이라 생각했기 때문이다.

"스케치북을 애들이 빼앗아 가지고 달아났어요."

"아니, 남의 물건을 왜 빼앗아 가지고 달아날까?"

그러면서 안 선생님은 춘식이를 방에 들어가 있으라고 하셨다.

"내가 찾아 줄게. 네 방에 들어가 있어!"

12

춘식이의 스케치북을 빼앗아 가지고 간 아이들은 무엇을 그렸나, 얼마나 잘 그렸나 보려고 스케치북을 열었다. 단 한 장의 그림이 그려져 있었다.

"아! 멋지게 그렸구나! 안 선생님의 얼굴이로구나!"

"그 자식은 앞으로 초상화를 그리는 사람이 되려는 게지?"

"그 자식, 안 선생님에게 잘 보이려고 안 선생 얼굴을 그린 거야. 나쁜 자식!"

"그러니까 안 선생님도 날마다 춘식이만 찾아다닌단 말이야!"

"우리가 앓을 때 누가 그렇게 잘해 주었어?"

아이들은 제각기 이렇게 떠들며,

"자, 나도 좀 보자!"

"가만히 있어! 내가 안 선생님께 인사를 한 담에 봐!"

아이들은 서로 먼저 보겠다고 스케치북에서 떼어 낸 그림을 잡아당기다가 그만 그림은 두 쪽이 나 버렸다.

"야아! 안 선생님 얼굴이 찢어졌구나!"

웬 아이 하나가 이렇게 웃으며 말했을 때, 바로 정말 안 선생님이 거기 나타나신 것이다.

"그 그림, 이리 가져와!"

여태껏 한 번도 들어 본 적이 없는 날카로운 안 선생님의 목소리였다.

아이들은 두 쪽 난 그림을 맞붙여 들고 조용히 안 선생님 앞에 갖다 바쳤다.

"그 스케치북도 이리 가져와!"

안 선생님은 그걸 가지고 자기 방에 들어가셨다.

안 선생님은 춘식이가 그린 두 조각난 어머니를 가만히 들여다보고 계신다. 안 선생님은 꼭 자기를 닮은 춘식이가 그린 그림을 보고 긴 한숨을 쉬었다. 두 눈을 감으시고 조용히 생각하기도 하셨다.

안 선생님은 무슨 생각을 하셨는지 얼른 문을 열고 춘식이를 찾아가셨다. 춘식이를 자기 방에 불러 놓고 안 선생님은 조용히 이야기를 시작하였다.

"춘식아! 네 그림을 내가 빼앗아 오긴 했지만, 네 그림은 두 쪽이 났다. 그렇지만 섭섭히 생각지 마라. 또 그리면 되지 않아. 그것두 잘 그렸지만 더 잘 그릴 거야. 이건 선생님께 주구 다시 그려, 응?"

13

춘식이는 선생님을 따라 산길을 걷고 있었다.

"자! 여기 앉아 쉴까?"

선생님은 캐러멜을 꺼내어 춘식이에게 주시며,

"오늘은 내가 춘식이에게 꼭 하고 싶은 말이 있어! 조용히 들어 봐. 춘식이도 이 안 선생님이 좋지?"

이렇게 묻는 말에 춘식이는 무어라고 대답했으면 좋을는지 몰랐다. 너무도 뻔한 이야기를 이제 새삼스럽게 선생님이 왜 물으시는지 답답했다. 그러나 춘식이는 가만히 있지 못했다.

"예!"

춘식이는 선생님 앞에 쓰러질 것처럼 다가앉으며 말했다.

"선생님도 춘식이가 무척 좋아. 우리 보육원에 온 날부터 선생님은 춘식이 생각만 했어. 춘식이를 보자 어려서 죽어 버린 내 아이 생각이 났어. 너무 어려서 죽었기 때문에 지금 컸으면 얼굴이 어떻게 변했을는지 모르잖아? 그런데 춘식이를 보자 곧 내 죽은 아들이 살아 온 것 같았어! 그러니까 춘식이도 이 선생님을 보자 어머니 생각이 난 모양이지? 아마 춘식이 어머니도 이 선생님 얼굴과 비슷했나 보지?"

"참 그래요!"

춘식이는 정말 죽은 어머니를 다시 만난 것같이 기뻤다.

죽은 어머니의 얼굴이 어떻게 생겼건 이제 그런 게 문제 되지도 않았다. 산 어머니가 생겼으니까.

선생님도 만족해하는 춘식이의 얼굴을 보시고 무던히 기뻐하셨다.

몇 해 전 이야기다. 춘식이는 이제 어머니가 없어도 죽어 버리거나 울고만 있을 나이는 지났다. 저 혼자도 살아갈 수 있는 나이가 되었다. 안 선생님께서 그때 들려준 아름다운 거짓말로 해서 춘식이는 힘을 얻은 것이다.

정말 이것은 아름다운 거짓말이었다. 사람을 살려 주는 보약 같은 것이었다. 안 선생님은 그때까지만이 아니라 지금도 결혼하시지 않은 독신이시다. 춘식이 같은 아이가 있었을 리 없다.

그러나 춘식이는 그 말을 그대로 믿었다.

이제는 얼굴에 주름살이 가고 손이 거칠어진 안 선생님은 지금쯤은 또 어느 고아의 어머니가 되어 그 아이의 머리를 쓰다듬어 주고 계실까?

영식이의
영식이

 영식이는 올해 초등학교 1학년입니다. 아주 활발하고 똑똑한 아이입니다. 두 해 동안이나 유치원에 다녔기 때문에 처음 학교에 들어가도 조금도 서먹서먹하지도 않고, 낯선 생각도 들지 않았습니다.
 그러니까 학교가 무척 재미있을 것 같지요? 그러나 영식이는 그렇지 않았습니다. 유치원보다도 재미있지도 않은 게 학교라고 생각했습니다.
 처음 얼마 동안은 '앞으로 나란히!'니, '앞으로 갓!'이니 하는 유치원에서 다 배운 걸 또 시작하니 재미가 있을 게 뭡니까.
 노래도 마찬가지입니다. '학교 종이 땡땡땡 어서 모이자'니, '송아지 송아지 얼룩송아지' 같은, 싫도록 부른 노래를 새로 가르쳐 주니 재미가 있을 게 뭡니까. 그런 걸 날마다 가르쳐 주는 선생님의 마음을 영식이는 알 수가 없었습니다.

무척 오랫동안 영식이는 싫증 나는 학교를 다녀왔습니다.

그러나 학교에서도 이젠 딴 걸 가르쳐야 되겠다는 생각을 했습니다. 책을 나누어 준 것입니다. 영식이는 글을 배우기 시작하면서부터 학교가 재미있는 데라고 생각했습니다. 처음에는 그림만 가지고 이야길 했지만, 글자를 읽고 또 쓰기 시작한 영식이는 정말 신이 났습니다.

인젠 영식이는 제 이름 석 자를 쓸 수 있게 되었습니다.

'박영식'

이렇게 거침없이 쓸 수 있게 된 영식이의 기쁨이란 말할 수 없이 컸습니다.

교과서 첫 장에 커다랗게 '박영식'이라고 써 봅니다. 마지막 장에도 써 놓습니다.

참말 생각할수록 신기한 일같이만 생각되었습니다.

'박영식'

이렇게 써 놓으면, 제가 쓴 것을 보고 누구나 '박영식'이라고 읽어 주는 게 글쎄 얼마나 신기한 일인가 말입니다.

영식이에겐 여기저기에 제 이름을 써 놓는 게 무척이나 신 나고 재미있는 일이 되어 버렸습니다.

학교 교실에서 쓰다 남은 몽당분필을 주워 가지고 집에 돌아와서는 여기저기에 '박영식'을 쓰기 시작합니다. 굴뚝에도 '박영식'을 씁니다. 분필이 닳아 없어지거나 쓸 자리가 모자라기 전에 '박영식'은 얼마든지 씌어

집니다. 분필이 없으면 이번엔 누나의 크레용을 꺼내 가지고 '박영식'을 씁니다.

'박영식'을 쓰는 일처럼 재미있는 일이 세상에 어디 있겠습니까? 이젠 저도 글자로 제 이름을 쓸 수 있게 되었다는 기쁨이 영식이의 마음에 가득 차 있었습니다.

그런 어느 날, 첫 시간이었습니다. 선생님이 출석을 부르기 시작했습니다.

"강남향, 김길수……."

이렇게 이름을 부르면 아이들은 제각기 "예", "예" 하고 대답합니다. 한 사람 이름에 두 사람이나 세 사람이 함께 "예"를 하는 법은 없습니다. 누가 제 이름도 아닌데 "예" 하고 대답하겠어요? 유치원에서도 안 그러는데요.

그런데 이상한 일이 생겼습니다. 정말 이상한 일이 생긴 거예요.

글쎄 선생님이,

"박영식!"

하고 부르자 한꺼번에 여럿이,

"예."

하는 것이 아니겠습니까?

딴 아이들이 괜히 장난하느라고 영식이 이름에 대답을 한 것일까요? 아닙니다. 영식이 이름을 부르는데 영식이 말고 "예" 하고 대답한 아이는 영식이네 반에서는 한 사람도 없습니다.

그럼 그게 누구들이었을까요?

한꺼번에 여럿이 목소리를 합해서 "예" 하고 대답하는 바람에 선생님은 깜짝 놀라서 출석부에서 눈을 떼어 아이들이 있는 곳을 바라보았습니다.

선생님은 그만, "악!" 소리를 지를 뻔했습니다.

정말 이상한 일이 생긴 것입니다. 글쎄 연통 토막이며 장독들이 교실 가운뎃줄에 와 늘어서 있는 것이 아니겠습니까?

출석을 부르기 시작한 조금 전까지 없던 이 망측한 것들이 언제 어디서 무엇 하러 굴러 온 것일까요?

틀림없이 인제 "박영식!" 했을 때, "예" 하고 대답한 것은 이것들이라 선생님은 생각했습니다.

그래서 모른 척 다른 아이들의 이름을 부르다가 다시 한 번,

"박영식!"

하고 불러 봤습니다. 그러나 아까처럼 출석부의 이름을 보며 부르신 건 아닙니다. 출석부에서 눈을 떼어, 장독이며 연통 토막을 바라보며 불렀습니다.

아니나 다를까, "예" 하고 대답하는 건 역시 연통 토막과 장독들이었습니다.

선생님은 그만 기가 막혔습니다.

아이들도 처음엔 수많은 "예" 소리에 질려 가만히 있었지만, 다시 한 번 "예" 하는 데는 재미가 나서

"와아……."

하고 웃어 버렸습니다. 금방 교실은 장터가 되어 버리고 말았습니다. 그러니까 선생님은 그만 화가 나셨습니다.

선생님은 장독과 연통 토막을 향해 큰 소리로,

"너희들이 박영식이란 말이냐?"

하고 외쳤습니다. 그랬더니 그들은 여전히,

"예."

하는 것이 아니겠습니까?

아이들이 교실이 떠나가라 다시 한 번,

"와아……."

하고 웃음통을 터뜨렸습니다.

이러니 선생님도 이것만으로 가만히 있을 수가 없지 않습니까?

"너희들이 왜 박영식이란 말이냐?"

하고 소리를 질렀더니 장독 하나가 빙그르르 선생님 쪽으로 돌더니,

"자! 보셔요. 여기 분필로 쓴 글자를……. 그래도 박영식이 아니에요?"

했습니다. 그러자 이번엔 연통 토막도,

"자! 보셔요. 이게 박영식이 아니에요?"

하는 것이었습니다. 거기 모여 와 선 장독이며 연통 토막들은 다 한 번씩 이렇게 말하며, '박영식'이라고 분필로 쓴 쪽을 선생님 앞으로 향했습니다.

한 번씩 이야기가 끝날 때마다, 빙그르르 장독이며 연통 토막이 돌 때마다, 아이들은 개미 허리가 될 것 같이 깔깔깔 웃어 댔습니다. 마치 재미있고 우스운 영화를 보는 것 같았습니다.

이런 모양을 본 선생님도 그들과 이 이상 다투려고는 않으셨습니다. 그들과 다툰다는 것은 똑같이 장독이나 연통 토막 같은 것밖에 안 된다고 생각했기 때문입니다.

그러나 이것들을 교실에 그냥 두고는 공부를 할 수는 없는 일이 아닙니까. 선생님은 문득 이런 말씀을 시작하셨습니다.

"박영식은……"

하고 말을 시작하시다가 무슨 생각이 나셨는지 다시,

"박영식!"

하고 영식이 있는 쪽을 보고 말씀하셨습니다.

영식이는 곧,

"예!"

하고 일어섰습니다. 장독이며 연통 토막도 아까와 다름없이,

"예!"

하고 조금씩 몸을 움직였습니다.

아이들은 장독이며 연통 토막보다 이번엔 일어선 영식일 보고 웃어 대는 것이었습니다.

선생님은,

"조용히 해!"

하시더니, 연통 토막과 장독들을 바라보시며,

"영식이란 아이는 저기 서 있는 아이 하나밖에 세상에 없단 말이야. 너희들은 '영식이'가 아니야, 너희들은 '박영식이의 박영식'이란 말이야."

조금 부드러운 목소리였습니다. 그제야 장독이며 연통 토막들은 안 모양입니다. 아무 말도 않고 가만히 서 있습니다.

"알았지?"

갑자기 큰 소리로 묻는 선생님의 말씀과 똑같이,

"예, 알았습니다."

하고 큰 소리로 대답을 했습니다. 정말 이건 군대에서 훈련하는 식입니다.

"좋아! 알았으면 이젠 제자리에 가 제가 맡은 일을 하란 말이야. 너희들은 움직이면 사고야. 언제나 한자리에 자리 잡고 앉아서 제각기 맡은 일을 하는 게 너희들의 책임이야. 다시는 '박영식' 하고 출석을 불러도 오면 안 돼! 알았지?"

부드럽게 타이르시다가도 '알았지?'만은 역시 큰 소리로 말씀하셨습니다.

"예! 알았습니다."

활발한 대답이었습니다.

"뒤로 돌아 앞으로 갓!"

하고 선생님이 호령을 하자, 교실 뒷문이 열렸습니다. 장독이며 연통 토막들에 쓴 '박영식'이가 아이들 앉은 쪽으로 일제히 향했습니다. 그러나 곧 분필로 쓴 이름은 팽이처럼 빙빙 돌기 시작했습니다. 그들이 걷는다는 건 빙글빙글 도는 것입니다.

그들이 교실 문을 나가 버릴 때까지 아이들의 웃음소리는 그치질 않았습니다. 이 판에 "조용해! 웃지 마라!" 할 선생님이 어디 있겠습니까?

선생님도 아이들과 같이 유쾌하게,

"하하하……."

하고 큰 소리로 웃는 수밖에 없습니다.

장독이며 연통 토막이 문 밖으로 다 나갔을 때, 웬 아이 하나가,

"박영식, 안녕!"

했습니다. 이번엔 여태껏보다 한층 더 요란한 웃음소리가 터졌습니다.

"누구야? 그런 소릴 한 건?"

그러나 이것은 선생님의 말씀은 아니었습니다.

"그건 '박영식'이가 아니야. '박영식이의 박영식'이야!"

역시 아이들이 지껄이는 소리였습니다.

그러나 영식이만은 한 번 큰 소리로 웃지도 못하고, 쪼그리고 앉아 있

었습니다. 아이들이 "와아" 하고 웃을 때마다 그게 모두 자기 때문이라고 생각하니 자꾸만 가슴이 죄어드는 것만 같았습니다.

영식이는 노한 목소리로,

"조용히 해!"

하고 큰 소리를 질렀습니다. 그러나 그것은 자기의 잠을 깨게 하는 소리였습니다.

빨강 눈 파랑 눈이 내리는 동산

　눈은 하늘의 달님과 또 수많은 아기별들이 땅 위에 사는 수많은 어린이들에게 보내 주는 반가운 겨울 소식입니다. 봉투도 우표도 없는 조그마한 한 장 한 장의 꼬마 편지.

　학교에 가서 배워야 하는 어려운 글자, 이 나라 어린이와 저 나라 어린이가 서로 알아듣지 못하는 말, 그런 어려운 말을 그런 어려운 글자로 적을 필요가 어디 있겠어요? 더구나 하늘나라 아기별들과 땅 위의 어린이들의 말이 어떻게 서로 통할 수 있겠어요? 그러기에 아기별들의 편지는 간단합니다. 글씨도 쓸 필요가 없습니다. 조그만 흰 종이 한 장 한 장 그것뿐입니다.

　땅 위에 아이들은 조그만 편지를 받아 들고 좋아서 어쩔 줄을 모릅니다. 밤새도록 한 장 두 장 보내 주는 반가운 소식에 아이들은 잠을 이루지 못하기도 합니다. 하얀 편지는 곧잘 꿈까지를 함께 보내기도 합니다.

온 세상은 수많은 아기별들의 하얀 편지로 폭 덮였습니다.

"야아, 밤사이 눈이 많이도 왔네. 내가 자는 동안 소리도 없이 사뿐사뿐 내린 모양이지?"

덕재는 마당에 나와 눈 덮인 산과 들을 바라보며 이렇게 중얼거렸습니다.

"참, 아름다운 경치다. 마른 나뭇가지에 꽃이 핀 것 같네. 그렇지만 눈 내린 경치는 어딘지 모르게 너무 쓸쓸해. 봄 동산처럼 좀 울긋불긋했으면 얼마나 더 아름다울까? 아마 하늘나라에는 물감이 없는 모양이다. 빨강이, 파랑이, 노랑이, 연분홍이, 보랏빛 이런 여러 가지 예쁜 빛깔 눈이 내렸으면 얼마나 좋을까? 옳아, 내가 하늘나라 달님에게 편지를 써 보낼 테야.

'달님, 하늘나라에는 물감이 없습니까? 기러기 시켜서 물감 좀 많이 사 가셔요. 금년 겨울엔 꼭 빨강 눈을 좀 내려 주셔요. 파랑 눈을 좀 내려 주셔요. 노랑이, 연분홍, 보라색 눈도 내려 주셔요.'

그러나 달님에게 어떻게 이런 편지를 써 보낼 수 있을까? 옳아, 이렇게 하면 될 거야. 긴 이야기를 쓸 건 없어. 오늘 저녁 눈 내린 저 흰 언덕에다 먹으로 이렇게 써 놓으면 될 거야. 오늘 밤이 보름이니까 달님이 내려다볼 거야.

'빨강 눈 파랑 눈을 내려 주셔요. - 장덕재'"

어느 따뜻한 날이었습니다. 덕재는 금잔디 위에 누워 하늘을 쳐다보며 노래를 부르고 있었습니다. 갑자기 파랗던 하늘이 흐려지더니 하얀 눈이 내리기 시작했습니다.

"또 흰 눈이야?"

덕재는 못마땅한 듯이 말했습니다. 금방 덕재가 앉은 벌판이 새하얗게 되었습니다. 그런데 정말 이상한 일이 생겼습니다. 막 내리던 흰 눈이 금방 멎었습니다. 그러더니 먼지같이 까만 것이 조금씩 내리기 시작했습니다. 흰 눈 위에 내린 까만 먼지는 곧 모여 글씨가 되는 것이 아니겠습니까.

덕재는 두 눈이 동그래져서 그 글씨를 읽어 봤습니다.

덕재야, 네 편지 잘 읽었다.
그럼 네 소원대로 빨강 눈, 파랑 눈을 내려 주마.

― 보름달

덕재가 편지를 읽자, 눈은 곧 녹아 버렸습니다. 글씨도 곧 사라져 버렸습니다. 그러자 곧 하늘에서 파랑 눈이 내리기 시작했습니다. 금잔디가 봄날같이 파릇파릇 물들여졌습니다. 뼈만 남은 앙상한 나뭇가지에 파란 잎이 달렸습니다. 눈 깜짝할 동안 금방 봄 동산이 된 셈입니다.

파랑 눈이 그치자 이번에는 샛노란 눈이 푸뜩푸뜩 내리기 시작했습니

다. 푸른 잔디 여기저기에 예쁜 민들레꽃이 피었습니다. 저쪽 덩굴엔 개나리꽃이 전등을 켠 것처럼 환했습니다. 노랑 눈이 그치자 이번에는 보랏빛 눈이 내리기 시작했습니다. 여기저기 앉은뱅이꽃이 막 피어났습니다. 그 담엔 빨강 눈이 내리니, 가지각색 이름 모를 꽃들이 막 피어났습니다.

덕재는 얼빠진 사람처럼 사방을 휘휘 돌아보았습니다. 정말 이렇게 아름다운 꽃동산은 처음입니다.

한 송이 두 송이 내려오는 노랑 눈은 곧 예쁜 나비가 되는 것이 아니겠습니까. 그 눈을 맞은 새는 곧 샛노란 꾀꼬리가 되고 또 뻐꾸기도 되어 즐거운 봄노래를 불렀습니다.

"꾀꼴, 꾀꼴!"

"뻐꾹, 뻐꾹!"

덕재의 손엔 어느새 버들피리가 쥐어졌습니다.

"삘릴리, 삘릴리!"

덕재는 멋들어지게 버들피리를 불었습니다.

꽃신을 짓는 사람

그렇게 오래전 이야기도 아니란다.

서울 가까운 어느 시골에 어떤 내외가 살고 있었더란다.

왜 단 두 식구뿐이었느냐고? 글쎄 두 사람이 결혼한 지 이십 년이 넘어도 아이가 없었으니까.

그런데 몇 해 뒤, 이 집에도 아기가 생겼대. 그제야 부인이 아기를 낳았느냐고? 그런 건 아니야.

어떤 조용한 가을 밤, 누가 이 집 마당에 예쁜 여자 아기 하나를 갖다 놓아 주고 갔다지 않아.

두 내외는 너무 좋아서,

"이건 하늘이 우리에게 준 귀중한 선물이니 잘 맡아 기릅시다."

하고 정성껏 아기를 길렀대.

아기는 자랄수록 예쁘고 또 튼튼했대. 이제 제법 걷기도 하고……, 말도 하고……. 정말 아기의 부모는 세월 가는 줄을 모르고 살았지. 너무 재미가 있어서…….

그런데 아이의 나이 서넛이 되었을 때 말이지, 한 가지 문제가 생긴 거야. 아기의 본 임자가 나섰느냐고? 그런 건 아냐. 참말 여태까지 내가 아기의 이름을 얘기하지 않았군. 아기 이름은 예쁜이래. 너무 예쁘니까 그저 예쁜이, 예쁜이, 한 게 그냥 이름이 됐대.

예쁜이가 밖에 나가 놀 때면 동네 아이들은,

"예쁜아 네 성이 뭐지? 김가냐, 박가냐?"

하고 놀려 댔다지 않아. 글쎄 그게 얻어 온 애라는 뜻이지.

이 이야기를 들은 아빠 엄마는 그만 마음이 아파서 곧 그곳을 떠나야 겠다고 생각했대.

"여보! 내 옛 친구가 서울에 가서 잘 산다니 한번 찾아가 봐야겠소."

"서울 어디에 사는지 어떻게 알겠어요. 그 넓은 서울 어디 가서 그분을 만난단 말이에요?"

"어떻든 찾아가 봐야지. 못 찾으면 어떻게 우리가 서울에 가 살 수 있나. 한번 서울 구경이라두 하고 오겠소."

그리고 아빠는 서울로 올라왔지.

어떻게 하면 옛 친구의 집을 찾나 하고 종로 거리를 기웃거리며 지나가다가 예쁜이 아버지는 문득 점포 앞에 와서 발을 멈추었지. 무슨 상점이었을 것 같아? 장난감 상점? 그런 게 아냐. 구두를 만드는 구둣방 앞이었어.

아빠가 구두를 한 켤레 사려고 한 줄 아니? 아냐. 어른들 구두도 있었지만 조그만 아기들의 꽃신이 있었단 말이야. 아빠는 그걸 보자 예쁜이 생각이 났을 게 아냐?

그런데 참말 세상이란 넓고도 좁은 거야. 구두 가게 문을 열고 안으로 들어갔더니, 바로 그 가게 주인이 자기가 찾는 바로 옛날 그 친구였거든.

"아, 이게 얼마만인가?"

"어떻게 용케 알아보는군!"

하고 무척 반가워했지. 오랜 이야기 끝에 예쁜이 아버지는,

"자넨 참 아이가 몇이나 되지?"

하고 물었더니 친구는 갑자기 서운한 얼굴로,

"우리 마누라는 아기를 아직 하나도 낳아 보지 못했다네."

"그래? 그거 안됐군!"

"자넨?"

"난 겨우 딸 하나밖에 못 남겼지. 낳는 족족 죽어 버리구……."

"그래도 딸이라도 있으니 좋겠네."

"그야 이를 데 있단 말인가. 우리 내외는 그 애 하나에 정을 붙이고 산다네."

이런 이야기 끝에, 앞으로 아기가 크면 학교에도 보내야겠고 해서, 서

울에 올라와 살고 싶다는 이야기를 했더니 친구는,

"그럼 아무 걱정 말고 올라오게. 한집안같이 사세. 내겐 집도 두어 채 있고 하니, 자네에게 한 채 줌세. 그리구 자네는 이 가게를 맡아 보아 주게. 나는 또 딴 일을 시작해 보게."

예쁜이 아버지는 이게 다 예쁜이 덕분이라고 생각하고 곧 시골에 내려가 예쁜이 어머니와 예쁜이를 데리고 서울로 올라왔단다.

그러나 세상엔 이렇게 늘 좋은 일만 있는 건 아니거든.

서울에 올라온 지 며칠 되지 않아 예쁜이네 집엔 큰일이 생겼어. 그만 밖에 나가 놀던 예쁜이가 없어진 거야. 경찰에 알리고, 광고를 써 붙이고, 신문 광고를 내고 해도 예쁜이는 나타나질 않는 거야.

누가 데려갔을까? 그건 데려간 사람밖엔 아무도 모르지.

예쁜이가 이 집에 왔다 남기고 간 것은 입던 옷가지와 신발, 그것밖에 없지. 더구나 예쁜이 아버지는 구둣방을 하니까 별별 예쁜 꽃신을 많이 지어다 예쁜이에게 주었거든. 신바닥에 별로 흙이 묻지 않은 꽃신도 있었지. 예쁜이 어머니는 매일같이 그 꽃신을 부둥켜안고 울기만 했다지 않아.

"애가 그렇게 가 버릴 줄 알았다면 밖에 나가 놀 때, 이 꽃신도 신으랄걸……. 괜히 아끼기만 했지. 신고 나가겠다는 걸 못 신게 하고……."

마음이 쓸쓸해진 예쁜이 아버지는—이젠 예쁜이 아버지도 아니지—

가만히 앉아 있으면 미칠 것 같아서 자기도 다른 직공들과 같이 신을 짓기 시작했지.

'내가 예쁜이의 신발을 만들어 놓고 기다리는 동안이면 예쁜이는 다시 나타날 거야. 아빠 엄마가 보고 싶다고 먹지도 않고 울면 누가 데려갔다가도 다시 돌려 줄 거야!'

그러면서 여러 날을 두고 예쁘게 예쁘게 꽃신을 지었지. 정말 예쁘게 예쁘게……. 그러니까 그걸 돈을 받고 판다면 굉장히 많은 돈을 받고 팔아야 했을 거야.

그런데 신발을 다 지어 놓은 바로 그날, 웬 어머니가 아이 하나를 데리고 와서,

"애 발에 맞는 신발 하나만 지어 주셔요."

하는 게 아니야. 그래서 아빠는 몇 살인가 물었더니 네 살이라지 않아. 아빠는 문득 예쁜이 생각이 나서,

"이거 한번 신어 봐!"

하고 예쁜이를 위해 지어 놓은 신발을 내보였더니, 글쎄 어쩌면 그렇게 꼭 맞을까 말이야.

"그럼 이만큼 크게 지으면 되겠지요?"

했더니 아이 어머니는 다른 걸 지을 것 없이 이걸 그냥 팔라는 거야.

"이건 딴 사람이 맞춘 건데 곧 찾아가기로 했습니다. 며칠만 기다려 주시지요."

그러나 어머니보다 아기가 신발을 쥐고 놓지를 않았단 말이야.

아빠는 하는 수 없이,

"그럼, 그냥 그걸 가져가십시오. 딴 손님껜 또 만들어 드리지요."
하고 그 신발을 팔아 버렸대.

'만일에 오늘 우리 예쁜이가 나타나면 어쩌나?'

아빠는 이렇게 생각했으나 어림도 없는 생각이지. 예쁜이는 안 돌아올 거야.

아빠는 또 꽃신을 만들었지. 이렇게 열심히 꽃신을 만들고 있는 동안만 아빠 마음이 갑갑하질 않았어. 예쁜이가 집에 있을 때 일을 생각하며 꽃신을 지으니까 아빠의 마음속엔 예쁜이가 함께 살고 있는 거야.

한 켤레를 만들고 나면 또 새 신을 만들고……. 여러 가지 모양의 꽃신을 만든 거야. 그러는 동안 세월은 자꾸 혼자서 흘러만 갔지.

그런데 어느 날, 또 웬 어머니가 아기를 데리고 온 거야.

어머니는 이 신 저 신을 아기에게 신겨 보았으나 하나도 발에 맞지 않았어. 그럴 게 아냐. 이 수많은 신은 팔기 위해 만든 게 아니고, 전부 예쁜이를 위해 만든 거니까 크기가 똑같을 게 아냐?

"아기 나이가 몇 살인데요?"

"다섯 살이에요."

"그러니까 좀 작겠군……."

낼모레가 새해, 그러고 보니 예쁜이의 나이도 인젠 다섯 살이 될 게 아냐?

 "참 그렇군! 이제부터 조금 크게 신발을 만들어야 될 거야."

 아빠에겐 새 일이 생겼지. 열심히 다섯 살짜리 꽃신을 만들기 시작한 거야.

 팔다 남은 네 살짜리 꽃신이 구두 가게에 하나 둘 늘기 시작했지. 팔리는 수보다 역시 만드는 수가 더 많았으니까.

 그렇게 또 열두 달이 흘러 버렸지. 그래도 예쁜이 아버지는 줄곧 신발을 계속해 만든 거야. 그러니까 이젠 여섯 살짜리 신발을 만들었지.

 이제는 차차 이 구둣방이 어른들의 신발집으로 변하기 시작한 거야.

 "참 이렇게 예쁜 꽃신을 만드는 집이 생겼어요. 글쎄……."

 지나가던 아기 어머니들은 모두 발걸음을 멈추고 서서 진열창을 들여다보았을 게 아냐.

 "우리 아기 신발 하나만 지어 주셔요."

하고 손님이 와서 부탁을 하면, 그건 으레 직공들에게 시키고 예쁜이 아버지는 늘 같은 치수의 신발을 지었대. 세월이 갈수록 진열창에 신발은 늘고 신발의 크기는 해마다 커져 가도, 그 수많은 신발의 임자 예쁜이는 끝내 나타나지 않는 거야.

 일곱 살, 여덟 살.

 문득 아버지는 생각했어.

 '이제 우리 예쁜이는 학교 갈 나이가 지났어……. 꽃신을 신을 나이는

지났어……. 이젠 꽃신을 더 만들 필요도 없어…….'

이렇게 생각하니 아버지는 영영 예쁜이를 잃어버린 것 같이 마음이 허전해지더란다. 꽃신을 짓고 있는 동안, 꽃신이 한 짝 한 짝 만들어지는 동안은 예쁜이가 아빠 마음속에 살고 있었는데, 꽃신 만들기를 그만두고 나니 아빠는 미칠 것만 같아졌다는 거야. 그럴 게 아냐?

그러나 아빠는 다시 좋은 생각을 했어. 참말 좋은 생각이었지. 만일 아빠가 미처 이런 생각을 못했더라면 아빠는 그만 죽어 버리기라도 했을 거야. 그 좋은 생각이 아빠를 살려 준 거야.

'예쁜이는 본시 우리 아기가 아니었어. 남의 아기를 얻어다 기른 거야. 예쁜이는 제 갈 데로 간 거다. 자기 부모를 찾아갔건 또 딴 사람이 데려다 기르건 그런 게 문제가 아니다. 남의 아기를 위해 난 여태까지 몇 해를 두고 신발을 짓고 있었어. 왜 예쁜이 하나만을 위해 신발을 지어야 하나? 세 살짜리부터 여섯 살까지 신을 수 있는, 아니 갓난아기라도 신을 수 있는 예쁜 꽃신을 만들어야 해. 세상의 모든 어린이가 다 내 예쁜이인 거야!'

꽃신

1

아기 아버지께!

세상에 나서 처음으로 당신을 이렇게 불러 봅니다. 당신이 아기 아버지가 된 것같이 나도 이젠 아기 어머니가 되었습니다.

이렇게 난이 엄마는 난이 아버지에게 편지를 쓰기 시작했습니다.
난이 아버지는 지금 일선에서 싸우고 있는 군인입니다.
난이 엄마가 난이 아버지와 결혼한 것은 재작년 겨울, 일 년이 지난 요즈음 첫아기를 낳았습니다.
난이를 낳기 한 달 전, 난이 아버지는 휴가를 얻어 잠깐 다녀갔습니다. 그때 난이 엄마에게 아들을 낳으면 이름을 준이라 하고 딸을 낳으면 이름을 난이라 지으라고 했습니다.

난이 엄마는 아기의 난 날과 시간과 그리고 아기의 모습을 낱낱이 아기 아버지에게 보고하는 긴 편지를 썼습니다. 백일이 되면 사진도 찍어 보낸다고 썼습니다.

난이 아버지한테서 답장이 오기도 전, 난이 엄마는 한 주일이 되기도 전에 또 편지를 썼습니다.

갓 나서는 젖만 빨면 밤낮없이 쌔근쌔근 잠만 자던 것이 차차 두 눈을 또록거린다는 둥, 조금만 큰 소리가 나도 제법 귀가 틔어 오뜰오뜰 놀란다는 둥, 아기의 재주가 한 가지 늘 적마다 엄마는 아빠한테 편지를 쓰는 것이었습니다. 아기가 엄마를 쳐다보고 빵긋빵긋 웃기 시작한 날, 엄마는 또 부랴부랴 편지지와 봉투를 찾았습니다.

백일이 되는 날을 손꼽아 기다려 엄마는 사진사를 불러 백일 사진을 찍었습니다.

일선이 분주해서인지 군우(군사우편)가 잘 연락되지 않아서인지 난이 아빠의 답장은 좀처럼 빠르지 못했습니다. 아기가 빵긋빵긋 웃는다는 편지를 받았다는 답장이 왔습니다. 그러고는 아이의 돌이 거의 되어서도 아빠에게는 아무 소식도 없었습니다.

지난해 같으면 휴가를 얻어 거의 돌아올 무렵이 되었으나, 역시 아무 소식도 없었습니다.

엄마는 아기가 따로 서는 재주를 배운 날, 편지지와 봉투를 찾아 들었으나 어쩐 일인지 눈물이 핑 돌았습니다.

밤낮 편지만으로 말고 아기 아빠에게 난이의 재롱을 그냥 보여 주고 싶었습니다.

못 견디게 따스한 봄날―바로 난이 엄마가 처음으로 어머니가 되던 날이 바로 낼모레―그러니까 난이의 돌이 낼모레입니다.

단 세 식구―일선에 가 계신 아버지를 빼면 단 두 식구―엄마와 난이뿐. 이웃에 일가도 친척도 없는 난이 엄마는, 아기의 첫돌이 낼모레라고 생각하니 그만 마구 울고만 싶어졌습니다.

그러나 바로 전날 우체부가 일선에 계신 아빠를 대신하여 찾아왔습니다. 묵직한 한 장의 편지와 조그만 소포 꾸러미 한 개를 두고 갔습니다. 엄마는 얼른 편지 봉투를 떼어 읽었습니다.

내가 이 편지를 쓰는 지금은 아직 난이의 돌이 멀었지만, 이 편지를 받을 때면 난이의 첫돌 날이 거의 될 거라고, 그래서 일선 가까운 곳에 공무로 잠깐 나왔던 길에 아기 신발을 한 켤레 사 보낸다는 것이었습니다. 아빠가 보던 중 제일 작은 것으로 샀다는 것과, 이 꽃신을 사기 위하여 그 거리의 상점을 샅샅이 뒤졌다는 이야기까지 씌어 있었습니다. 난이가 인제 걸음발을 타서 걷기 시작할 때까지엔 한 번 휴가를 얻을 수가 있을 것이라고 씌어 있었습니다.

아빠의 편지는 퍽 길었습니다. 아빠가 곁에 안 계시는 것이 한없이 쓸쓸하기도 하였지만, 오래간만에 아빠의 소식을 들은 엄마는 무척 반갑기도 하였습니다. 이만하면 난이의 첫돌 기념도 아주 뜻 없이 지내 버리지는 않는 거라고 생각되었습니다.

　이튿날 아침, 엄마는 학교 시절의 몇몇 친구들을 초대하여 돌상을 난이에게 차려 주었습니다.

　누구나 하는 버릇대로 돌상에는 책과 연필과 돈과 과자와 그 밖에 밥과 반찬을 늘어놓고 난이에게 집게 하였습니다.

　난이는 제일 먼저 책을 쥐었습니다. 모여 온 어머니들은, 난이는 커서 공부를 잘할 거라고 칭찬이 자자했습니다.

　난이 엄마도 숟가락을 들어 걸신스럽게 제일 먼저 밥만 퍼먹는 아이들이 많던 것을 생각하면 난이가 무척 귀여워 보였습니다.

　또 하나 일선 아빠에게 보고할 자랑이 늘었습니다.

2

　아빠가 보내 준 난이의 꽃신은 퍽 컸습니다. 꽃신이 큰 게 아니라, 난이의 발이 작은 것이지요. 난이가 정말 신발이 필요하도록 잘 걷게 될 무렵이 되면 난이의 발도 훨씬 더 커질 거예요. 그때가 되면 오히려 신발이 작아서 걱정이 되는지도 모릅니다.

　돌이 지난 난이는 제법 아장아장 걷기를 시작했습니다.

　엄마는 아빠가 보내 준 꽃신을 난이에게 신겨 줍니다. 신발이 커서 걸

음발을 옮겨 놓을 때마다 신발이 벗겨졌습니다.

엄마는 신 앞에 헝겊을 틀어막아 주었습니다. 그래도 신발은 잘 벗겨졌습니다. 이번엔 들메끈을 하여 주었습니다. 그러나 난이는 그게 갑갑한지 곧잘 그 끈을 풀어 버렸습니다.

난이에게는 그 꽃신이 신는 것보다 가지고 노는 편이 훨씬 더 재미가 있었습니다.

늦은 봄이 되어, 앞뜰 길섶에는 커다란 금단추 같은 민들레가 막 피어났습니다. 엄마는 민들레꽃을 사랑해서인지 아기에게 민들레꽃빛 노란 저고리를 해 입혔습니다. 그러고는 늘 이런 노래를 불렀습니다.

길섶에 민들레도 노랑 저고리,
첫돌맞이 울 아기도 노랑 저고리.
민들레야 방실방실 웃어 보아라,
아가야 방실방실 웃어 보아라.

길섶에 민들레도 노랑 저고리,
첫돌맞이 울 아기도 노랑 저고리.
아가야 아장아장 걸어 보아라,
민들레야 아장아장 걸어 보아라.

첫여름이 되면서부터 난이는 민들레를 닮아 그 노랑 저고리가 필요 없게 되었습니다.

엄마는 난이를 발가벗겨 밖에 데리고 나왔습니다. 햇볕이 오히려 옷보다 더 따가웠습니다. 눈같이 희던 난이의 몸뚱이가 볕에 그을었습니다. 엄마는 그게 난이의 건강에 좋다고 생각했습니다.

삼복더위가 심해짐에 따라 난이의 장난도 한층 더 심해졌습니다.

난이는 엄마 없이도 제법 밖에서 혼자 놉니다. 하루 종일 가야 트럭 하나 다니지 않는 고요한 마을이니까 아무 걱정할 까닭이 없었습니다. 그리고 바로 그 집 앞이 빈터 잔디밭이니까 난이의 놀이터로는 훌륭했습니다.

난이에게는 새로 정다운 친구가 하나 생겼습니다. 난이 외가에서 데려온 바둑이입니다.

난이는 바둑이가 좋았습니다. 바둑이도 난이가 좋은 모양입니다. 그런데 이 바둑이는 난이보다도 더 장난이 심했습니다. 서로 무척 정답게 놀다가도 바둑이는 곧잘 난이를 울려 놓는 것이었습니다.

그 까닭은 난이의 꽃신을 빼앗아 가지고 달아나는 것이었습니다. 바둑이는 밋밋하게 생긴 제 발을 몇 번이고 신발에 들이밀어 봤자, 어디 걸려 있지 않는 신발을 발에 신을 수는 없으니까 심술이 났는지도 모릅니다. 걸핏하면 난이의 꽃신을 입에 물고는 달아나는 것이었습니다. 그럴 때마다 난이는 "으아아!" 하고 급한 소리를 지르는 것이었습니다.

난이의 꽃신은 곧잘 난이의 꽃바구니도 되고 물동이도 되었습니다.

잔디밭에 핀 제비꽃 같은 것을 따 담아 가지고는 머리에 이고 다니기를 즐겼습니다. 때로는 모래를 가득 담아 가지고 방 안까지 들어오곤 하였습니다. 그럴 때마다 엄마는 아빠가 사다 준 꽃신을 아껴 신어야지, 이렇게 더럽혀서는 못 쓴다고 꾸중을 하셨습니다.

앞밭의 홍옥(사과)이 제법 빨갛게 익을 무렵, 그러니까 그게 초가을이 아니겠어요?

엄마가 마당에 빨래를 널고 저녁을 짓고 나니, 늦은 저녁이 되었습니다. 난이는 꽃신 한 짝만을 머리에 이고 집으로 들어왔습니다.

한 짝은 어쨌느냐고 아무리 물어 봐야 아직 말을 못하는 난이가 그런 걸 알 리가 있겠습니까? 말할 줄 아는 서너 살 먹은 아이라도 자기 장난에 팔리다 보면 언제 어디서 잃었는지를 모를 텐데, 아직 두 돌도 안 지난 난이가 그런 걸 알 리가 없습니다.

엄마는 얼른 밖에 나가 난이가 놀던 뜰과 풀밭을 찾아보았으나 난이의 꽃신은 나타나지 않았습니다. 엄마는 밤새 잠이 오지 않을 만큼 서운했습니다. 어쩐지 마음 한구석이 텅 빈 것같이 서운했습니다.

이튿날 아침, 엄마는 다시 여기저기 찾아보았으나 난이의 꽃신은 다시 나타나지 않았습니다.

조반을 끝마치고 설거지를 하고 있는데, 오래간만에 난이 아빠에게서 편지가 왔습니다. 어서 휴가를 얻으면, 아빠가 사 보내 준 꽃신을 신고 아장아장 걸어다니는 난이가 보고 싶다는 편지였습니다.

편지를 읽고 나니, 엄마는 한층 더 서운해졌습니다. 아빠가 돌아오면 무어라 말할까 생각하니 부끄럽기도 하였습니다.

엄마는 곁에 앉아 있는 난이에게 눈을 돌렸습니다. 엄마는 아직 한 번도 그런 눈초리로 아가를 바라본 적이 없었습니다. 바라본다기보다 매섭게 쏘아보았습니다. 처음엔 난이도 그건 엄마가 자기가 귀여워서 일부러 그러는 줄만 알았습니다.

그러나 이번엔 엄마가 한 짝만 남은 신발을 손에 쥐기가 바쁘게 난이의 엉덩짝을 후려갈겼습니다. 이게 난이가 처음 어머니에게 맞은 매였습니다.

난이는 그만 서러워서 까무러치다시피 울기 시작했습니다. 엄마는 악을 쓰는 난이가 이날따라 몹시 못마땅하게 생각되었습니다. 엄마는 다시 한 번 궁둥이를 꽃신으로 때렸습니다. 난이는 좀 더 크게 울었습니다.

볼기짝 두 개, 그것뿐이었습니다. 그러나 난이는 흑흑 느껴 울며 좀처럼 울음을 그치지 않았습니다. 울음이 더 늦게 멎은 것은 난이가 아니라 난이 엄마였습니다.

엄마는 난이를 등에 업고 울음 섞인 목소리로 자장가를 불러 난이를 재웠습니다.

칭얼칭얼하다가 난이는 잠이 들었습니다. 그러나 잠결에도 때때로 흑흑 느끼는 것이었습니다.

그날 밤부터 난이는 깊은 잠을 들지 못하고 오뜰오뜰 놀라 소스라쳐 깨어서는 기절이라도 할 듯이 "으앙으앙" 울어 버리는 것이었습니다.

난이의 머리는 더웠습니다. 몸도 더웠습니다. 그렇게 잘 놀던 아이가 그만 헬쑥해졌고 일어나 앉으려고 하지도 않았습니다.

엄마는 난이를 업고 병원에 가서 주사도 맞히고 약도 먹였으나 난이의 병은 낫지 않았습니다. 벌써 난이에게 중대한 사건이 연달아 생겼습니다. 그러나 난이 엄마는 아빠에게 편지를 쓰지 못합니다. 여태껏 보낸 편지는 모두 반가운 자랑뿐이었으나, 이런 걱정스럽고 서글픈 소식을 일선에까지 차마 보내기는 싫었습니다.

3

난이는 벌써 이 세상 사람이 아니었습니다.

한 짝의 꽃신을 잃었기 때문에 생긴 일로 세상을 떠난 난이에겐 벌써 그 한 짝마서가 쓸데없는 것이 되어 버리고 말았습니다.

엄마는 울며 울며 한 짝만인 신발을 난이의 품에 넣어 무덤에 보냈습니다.

4

 엄마는 어젯밤에도 또 난이를 꿈에 만났습니다. 꿈나라에 간 난이는 생전과 똑같이 언제나 꽃신 한 짝을 신고 있었습니다. 이런 꿈을 꾸고 난 아침마다 난이 엄마는 가슴이 메는 듯 서러웠습니다.

 찬 서리가 몇 번이고 내려 뜰에 풀들이 다 말라 버린 어느 날 아침, 밖에서 혼자 돌아다니던 바둑이가 무얼 물고 부엌으로 달려 들어왔습니다.

 난이 엄마는 기절이라도 할 듯 얼른 바둑이의 입에서 그것을 빼앗았습니다.

 그것은 꿈나라에 가버린 난이의 꽃신이었습니다. 얼마나 반가웠겠습니까? 그러나 그것은 난이가 살아 있어서야겠지요.

 엄마는 꽃신 한 짝을 뺨에 대고, 네가 어디 갔다 인제 왔느냐고 흑흑 느껴 울었습니다. 설움은 눈물이 되어 흘러나와도 샘물 같아서 그칠 줄 몰랐습니다. 엄마는 눈물 젖은 눈으로 꽃신을 가지고 난이 무덤을 찾아갔습니다.

5

 그날 밤 꿈에, 난이는 반가운 듯이 엄마 앞에 나타났습니다.

두 발에 꽃신을 신고 민들레 핀 길섶을 아장아장 걷고 있었습니다.
엄마는 옛날의 노래를 되풀이해 불러 주었습니다.

아가야 아장아장 걸어 보아라,
민들레야 아장아장 걸어 보아라.

이튿날 아침.
엄마는 큰 맘 먹고 난이 아버지에게 이런 뜻의 편지를 썼습니다.

난이는 우리 집에 왔다 두 돌도 못 되어 돌아갔습니다. 이 엄마가, 너무 푸대접한 까닭이에요. 아니, 아기가 집에 찾아와도 한 번도 와 주지 않은 아빠가 더 나빴는지도 몰라요.
아기가 영영 아버지 얼굴을 모르고 꿈나라에서 살 것을 생각하면 서글퍼져요. 그보다도 당신이 때때로 꿈나라에 찾아가도 난이를 못 찾을 것을 생각하면 한층 더 서글퍼요.
모처럼 사 보낸 꽃신이—아니, 꽃신 때문이 아니었어요. 이 엄마 때문이었어요.
처음 당신이 꽃신을 사 보냈을 때, 그 꽃신은 퍽 컸어요. 그러나 난이가 꽃신을 신고 다니기 시작한 때는 거의 맞았어요. 엄마는 그 꽃신이 작아질까 봐 걱정까지 했어요. 그러나 그 꽃신은 영영 작아지지 않을 거예요.

엄마는 그 꽃신이 해질까 봐도 걱정을 했어요. 그러나 인제는 그런 걱정은 모두 쓸데없는 걱정이에요. 난이에겐 그 꽃신 한 켤레 이상 더 필요하지도 않아요. 꿈나라에선 영원히 신고 다닐 수 있는 꽃신이에요.

그러나 여보!

당신이나 나나 이젠 아버지도 어머니도 아니에요. 우리가 난이 아빠와 난이 엄마의 자격을 가지는 것은 오직 꿈나라에 갔을 적만이에요.

"난이 아버지……."

난이를 안고 섰는 당신 뒤에 서서 이렇게 한 번 불러 보지 못한 채 난이를 보낸 것은 못 견디게 슬픈 일이에요.

편지를 다 써서 봉투에 넣고 봉한 뒤 힘없이 붓을 놓은 엄마는 남편의 사진 앞에 서서,

"난이 아빠!"

이렇게 가만히 불러 보았습니다.

아마 이게 정말, 난이 엄마가 자기 남편을 아빠라는 이름을 붙여서 불러 보는 마지막일는지도 모릅니다.

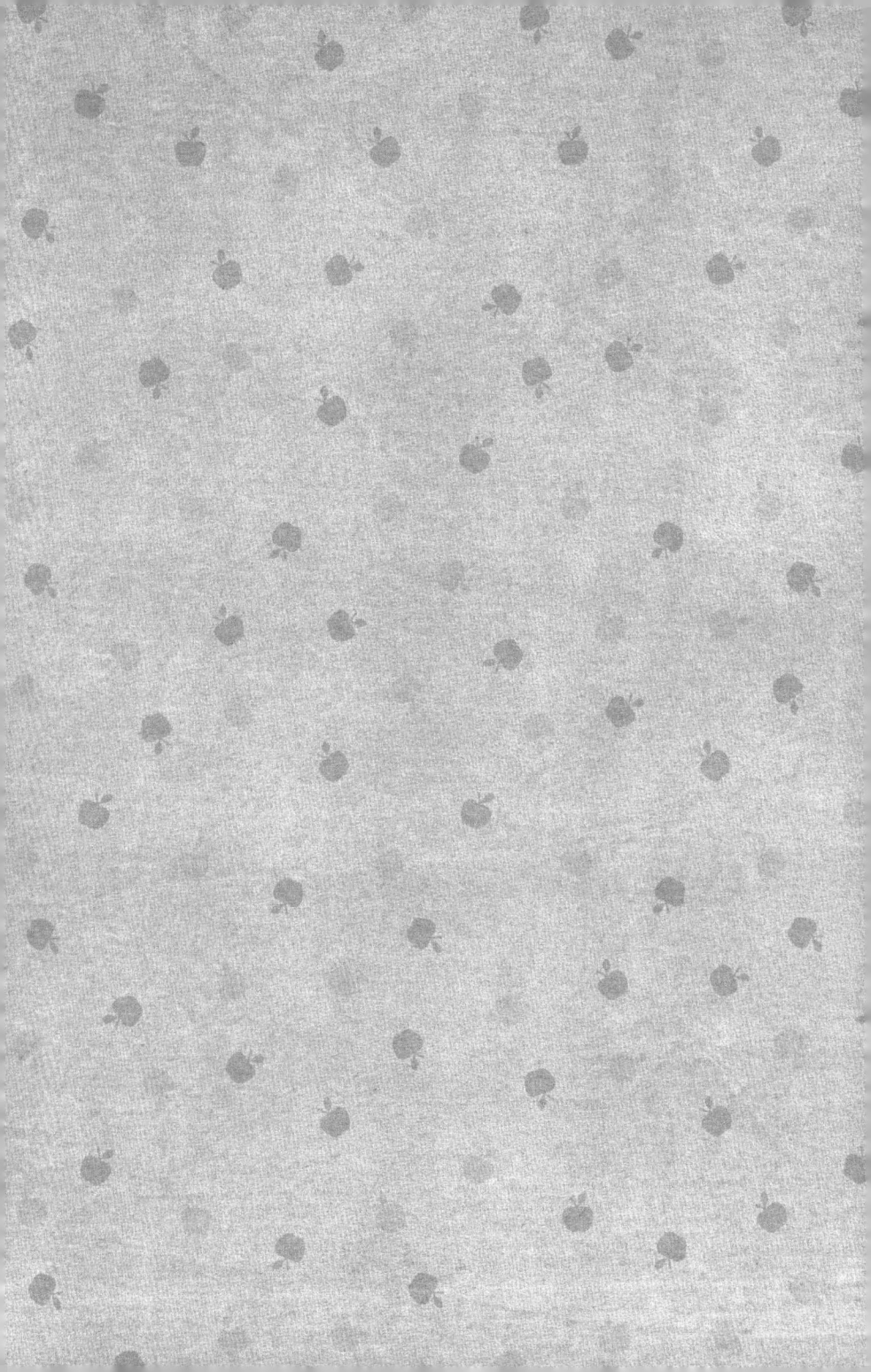

나는 겁쟁이다

1

수남이는 소스라쳐 깨었습니다.

"뚝뚝뚝, 뚝뚝뚝."

대문 두드리는 소리가 요란히 들려왔습니다.

'저 소리에 내가 잠을 깼는지도 모르겠군! 그런데 누가 왔기에 저렇게 대문을 두드리는 것일까?'

수남이는 대문 가로 나갔습니다.

"거 누구요?"

"이 댁이 수남이라는 분의 댁이 틀림없으신지요?"

"예, 틀림없어요."

"그럼 귀하께서 수남이지나 않으신지요?"

"예?"

"귀하의 성함이 수남이신가 물었사옵니다."

"귀하란 게 뭐구 성함이란 게 뭐예요?"

"어른신의 이름이 수남이가 아닌가 하고 물었습니다."

"예! 내 이름이 틀림없이 수남입니다."

"황송하오나 들어가도 괜찮겠나이까?"

"예, 괜찮아요."

수남이는 대문을 열었습니다.

"아뢰옵기 황송하오나, 제가 마차를 가지고 모시러 왔사오니 어서 마차에 오르시옵소서!"

"아니, 내가 마차에 올라 어디로 간다는 말이에요?"

수남이는 눈이 동그래져서 물었습니다. 너무도 뜻밖의 일이라서 두려운 생각까지 들었습니다.

"아직 모르시는 게 당연한 줄 아옵니다. 이제 곧 자세한 사정을 알게 될 줄 믿사오니, 어서 대궐로 가시옵기 바랍니다."

이 말을 들은 수남이는 한층 더 놀랐습니다.

"내가 대궐로? 임금님 계신 대궐로?"

"그렇게 놀라실 건 없습니다. 이제 대궐은 수남이 임금님이 사실 집이 될 텐데요……."

"내가 임금이 된다고? 그게 무슨 말이오? 세상에 원, 그게 무슨 말이오? 세상에 나서 아직 대궐 문밖에도 못 가 본 내가 임금이 된다고? 이렇게 철없는 장난꾸러기 내가 어떻게 임금이 될 수 있어요? 임금이 되려면 우선 지혜가 있어야 하고, 백성을 다스릴 줄 알아야 된다고, 우리 선생님께서도 말씀하셨는데요."

이 말에 수남이를 찾아온 사람은 연신 허리를 굽실거리며 말하는 것이었습니다.

"말씀 낮추시기 바랍니다. 이제 곧 대궐에 들어가서 임금님이 되시는 서약만 하시오면, 틀림없이 이 나라를 다스리는 임금님이 되십니다. 수많은 신하들이 좌우에 늘어서서 젊으신 임금님을 도우실 것이오니, 안심하심이 좋을 줄 아뢰옵니다."

꿈인지 생신지 수남이는 통 알 수가 없었습니다.

'가만 있자! 내 머리가 어떻게 잘못된 건 아닐까? 아무리 세상이 뒤집혀도 이런 일이 있을 수가 있을까? 내가 지금 도깨비에게 홀린 것은 아닐 테지?'

어쩔 줄 모르고 서 있는 수남이를 보고 찾아온 사람은 또 말하는 것이었습니다.

"자! 어시 대궐로 가십시다."

그러나 수남이는 한 걸음 뒤로 물러서며 말했습니다.

"아니, 대궐에는 임금님이 계신데, 내가 왜 대궐로 간다는 말이오?"

그러나 찾아온 사람은 차근차근 이야기를 계속했습니다.

"벌써 그 임금님은 임금님의 자리에서 물러났습니다."

그러나 수남이는 도무지 믿을 수 없다는 듯이, 그리고 그 사람에게 사정하듯이 말했습니다.

"아저씨! 아저씨가 날 놀려먹는 건 아니겠지요?"

이번엔 그 사람이 한 걸음 뒤로 물러서며 코가 땅에 닿도록 절을 하고 나선,

"아저씨라고 불리니 황송하옵니다. 이제 대궐에 들어가셔서는 그리 부르지 않음이 좋을 줄 아옵니다."

하는 것이 아닙니까.

"그럼, 어떻게 부르나요?"

수남이는 한 걸음 앞으로 다가서며 물었습니다.

"'여봐라! 게 누구 없느냐?' 이렇게 부르심이 옳은 줄 아옵니다."

수남이는 참 그 말이 재미있게 들렸습니다.

"여봐라! 게 누구 없느냐?"

수남이는 큰 소리로 그 사람이 하던 대로 흉내를 내어 말해 봤습니다. 그랬더니 그 사람이 정말 임금님 앞에서 쩔쩔매듯 허리를 굽실거리며,

"예, 예, 여기 이렇게 소인이 기다리고 섰나이다. 어서 마차에 오르시옵소서!"

"그래! 가자!"

수남이는 금세 그 사람이 자기의 시중꾼같이 느껴졌습니다.

수남이는 마차 있는 데로 그 사람을 따라갔습니다.

수남이가 마차에 오르자 대궐에서 나온 사람은 말고삐를 잡더니 채찍으로 말 궁둥이를 때렸습니다.

"오호호호호……."

말은 코를 불며 달리기 시작했습니다.

세상에서 이렇게 편하고 좋은 마차가 어디 있을까, 수남이는 생각했습니다. 가볍게 흔들리는 게 한층 더 재미가 있었습니다.

"뚜벅 뚜벅 뚜벅 뚜벅……."

네 개의 말굽이, 아니 여덟 개의 말굽 소리가 무슨 음악의 박자를 맞추는 것같이 멋지게 들렸습니다.

그러나 그런 생각은 잠깐, '이제 내가 대궐에 가면 어떻게 될까' 하는 생각이 수남이 머리에 또다시 떠올랐습니다.

'세상에 지혜 있는 사람이 많고, 수단 좋은 사람이 많은데 하필 나 같은 아이를 데려가는 까닭이 어디 있을까? 아무리 생각해도 알 수 없는 일이란 말이야.'

수남이는 다시 한 번,

"여봐라!"

하고 마차꾼에게 물었습니다.

마부는 아까와 똑같이

"예! 예! 여기에 있나이다."

하고 쩔쩔매는 것이었습니다.

"나같이 나이 어린 소년을 임금으로 데려가는 까닭을 그대는 아는가?"

수남이의 묻는 말에 마부는 이렇게 대답했습니다.

"아뢰옵기 황송하오나, 대개 이런 까닭이 있는 줄 아옵니다. 첫째―나이 많은 분을 임금으로 모시지 않는 까닭은―그들은 지혜가 너무 많아서 탈이옵니다."

이 말을 들은 수남이는 큰 소리로 마부의 말을 막았습니다.

"닥쳐! 지혜가 사람에게 있어서 가장 귀중한 것인데, 너무 많아서 탈이라니?"

수남이의 말에 마부는 한층 더 쩔쩔매며 말했습니다.

"예! 예! 진정하시옵고, 소인의 말씀을 들어 주시옵기 바라옵니다. 날선 칼이라 잘 쓰면 좋사오나, 잘못 쓰면 잘 들수록 손해가 많은가 하옵니다. 지혜처럼 귀한 게 없사오나, 그 지혜를 잘못 쓰면 또한 그처럼 무서운 것도 없는 줄 아옵니다."

마부의 말을 듣고 나니, 그 말도 옳다고 생각되었습니다.

수남이는 아까보다도 조금 부드러운 목소리로 말했습니다.

"하기는 네 말이 옳기노 하다. 그긴 그렇고……, 그럼 왜 하필 나를 임금으로 정했지?"

이게 수남이로서는 가장 궁금한 일이 아닐 수 없습니다.

그러나 마부는 곧 이렇게 대답했습니다.

"세상에 많은 소년이 있사오나, 모두 마음들이 너무 우락부락해서 탈이옵니다. 조금만 제 배짱에 맞지 않으면 친구라도 욕을 하고 때리고……. 그런데 어느 날, 대궐에서는 임금 될 분을 찾아 마을로 나갔다 하옵니다. 어느 골목을 지나다가, 어느 신하 한 사람이 보았다 하옵니다."

"무얼 보았단 말이냐?"

수남이는 그 사람의 다음 말이 나오기 전에 이렇게 물었습니다.

"웬 소년 하나가 자기보다 나이 어리고 키 작은 소년에게 맞고도 아무 말 없이 눈물을 흘리고 서 있더라구……."

수남이는 다음 말이 빨리 듣고 싶었습니다.

"그래서?"

하고 다음 말을 재촉하였습니다.

"그래서 신하들은 그분을 임금으로 모시면 나라를 잘 다스릴 것이라 의논해서 그렇게 하기로 결정을 지었다 하옵니다."

그제야 수남이는 자기를 임금으로 정한 까닭을 알 수 있었습니다.

"그런 일이 있었지! 그게 바로 그때 나였단 말이야!"

"아뢰옵기 황송하옵니다."

건들거리며 수남이는 마차에 실려 대궐로 가고 있습니다.

2

'야아, 이건 정말 처음 보는 방이로구나! 이 방이 이렇게 좋으니 내가 이제 임금이 되면 얼마나 더 훌륭한 자리에 앉을까?

내가 이제 임금이 된다. 내 주위에는 여러 지혜 있는 신하들이 둘러서서 나를 위해 걱정해 줄 거다. 고개도 제대로 들지 못하고 쩔쩔매면서……

참말 세상이란 이상한 것이다. 집에서 어머니한테

"이놈의 자식, 공부는 하지 않고 나가서 싸우고 울기만 하고……."

이런 꾸중을 듣던 것이 바로 몇 시간 전이었는데…….

그뿐인가? 숙제를 안 해 가지고 갔다고 선생님이

"수남아, 너 커서 뭐가 되려고 그러니?"

하고 무서운 눈을 하셨는데…….

아니 그뿐인가? 돌쇠 녀석이 날 윽박질렀지! 영구와 구슬치기를 하다가 어린 영구한테 구슬을 다 빼앗기고서 그 구슬을 도리어 내놓으라고 돌쇠 녀석이 야단을 쳤지! 영구가 안 주겠다니까 돌쇠 녀석이 나를 보고,

"영구가 가진 구슬이 누구 거냐?"

하고 물었지.

내가 나보다 키가 작은 돌쇠 녀석을 이길 수만 있다면,

"그거야 영구가 이겨서 딴 것이니까 영구 것이지!"

했을 텐데, 나는 돌쇠 녀석이 무서워서 아무 말도 못하고 보고만 있었단 말이야! 그러자 돌쇠 녀석은 구슬을 빼앗고 영구와 나를 한 대씩 때렸단 말이야! 영구는 키가 작으니까 맞았지만 키 큰 내가 돌쇠 녀석에게 맞는 것이 남 보기에는 좀 우스웠을 거야. 그래도 나는 아무 말 없이 맞고도 가만히 서 있었지.

참 난 몇 시간 전만 해도 말할 수 없는 겁쟁이였단 말이야. 그러나 이제 나는 겁쟁이가 아니다. 한 나라의 임금이다.

이제 내가 임금이 되면 돌쇠 녀석을 불러다 놓고,

"이놈아! 너 내가 누구인지 알겠느냐?"

하고 한바탕 혼을 내 줘야지! 내가 수남이라는 것을 알면 돌쇠는 얼마나 놀랄까? 돌쇠는 대궐에 불려오기만 하면 무서워서 벌벌 떨 거야.

"제발 목숨만 살려 주십시오."

하고 말이지……

그리고 내가 이제 임금이 되면, 나는 내 어머니를 위하여 이 대궐에 못지않은 굉장한 집을 우리 집 자리에 지을 테다. 우리 집 자리는 손바닥만 하니까 그 둘레의 조그만 집들을 다 헐어 버린다. 그리고 어머니가 계실 집을 짓는다. 내 친구들은,

"글쎄 저게 수남이네 집이야! 지금은 수남 임금님이시지만……, 어제만 해도 우리 친구가 아니었어?"

하며 나를 무척 부러워할 거다. 생각만 해도 가슴이 뛴단 말이야! 이제

이 나라는 내 마음대로 할 수 있단 말이야.'

이런 생각을 하고 앉아 있는데 갑자기 방 안이 캄캄해졌습니다.

'응? 왜 이렇게 갑자기 방 안이 캄캄해질까? 날이 벌써 저문 걸까? 벌써 날이 저물었으면 전등이 들어와 있을 텐데……. 임금이 될 내 방이 왜 이렇게 캄캄하단 말인가?'

수남이는 그만 화를 버럭 내었습니다.

"여봐라! 게 누구 없느냐?"

정말 임금이 명령하듯 크고 점잖은 목소리였습니다.

그러자 갑자기 어디서,

"하하하하하…… 하하하하하……."

하고 찢어지게 웃는 여자의 웃음소리가 들려왔습니다.

수남이가 이제, "여봐라! 게 누구 없느냐?" 한 말이 하도 우습다고 흉보는 웃음소리였습니다.

"네가 임금이 돼? 하하하하……."

수남이는 깜짝 놀랐습니다. 또 무척 화가 났습니다.

"뭐? 너는 도대체 누군데 임금이 된 나를 보고 니리는 거냐? 어서 내 앞에 나타나 보이지 못할까!"

"예예, 여기 나타났나이다. 아하하하……."

비웃는 말투였습니다.

"내가 누군지 이제야 아셨나이까?"

수남이는 그만 기절이라도 할 것 같이 놀랐습니다.

"응, 이게 뭐야? 사람은 사람인데 왜 이렇게 키가 난쟁이지?"

"흥! 참 우습죠? 나는 촛불 아가씨외다. 방 안의 어둠을 쫓기 위해서, 사람들에게 밝음을 주기 위해서, 내 몸을 녹여서 이렇게 작아진 거외다. 인제 곧 내 키는 더 작아지고 마지막 내 얼굴까지 다 타 버리면 나는 죽어 버립니다."

잠깐 말을 끊었다가 다시 가볍게 웃으며,

"아니, 수남아! 네가 임금이 된다고? 한 자루의 초만도 못한 생각을 하는 네가 어떻게 임금이 될 수 있니? 네가 임금이 된다면……. 아이, 무서워! 이 나라 사람들은 또 얼마나 더 고생을 하게 되겠니? 아니 하루도 못 가서 너는 쫓겨나고 말 거야! 네가 나 같이 남을 위할 줄 아는 마음을 가졌다면 얼마나 좋을까?

수남아! 임금이란 백성을 위해서 밤낮 걱정하고 백성들의 행복을 위해서 자기 몸과 피와 살을 다 바쳐야 하는 거야! 그게 참 임금이란다. 또 참 임금의 자격을 갖는 거란다. 자! 이제 그만두자! 나두 이제 곧 세상에서 자취를 감추게 될 테니까……."

밝아졌던 방 안이 다시 캄캄해졌습니다. 수남이는 이제 들은 이야기를 조용히 다시 생각해 봅니다.

'내가 어리석은 생각을 했다. 내가 임금이 돼? 안 되기가 다행이었다! 아무도 없는 틈을 타서 한시바삐 이 대궐을 떠나야 한다.

내가 임금이 돼? 겁쟁이가 어떻게 임금이 될 수 있어? 욕심쟁이가 어떻게 임금이 될 수 있어? 미련한 소년이 어떻게 임금이 될 수 있느냐 말이야?

내가 돌쇠 녀석에게 맞고도 가만히 있은 건 내 마음이 너그러워서가 아니야! 돌쇠 녀석이 무서워서였어! '지금 그것은 틀림없는 영구의 구슬이다!' 그때 나는 돌쇠 녀석에게 왜 그렇게 뚜렷이 말하지 못했느냐 말이야. 나는 겁쟁이였어! 지금도 나는 겁쟁이다. 둘 중에 하나가 되어야 한다. 정말 돌쇠를 용서해 주고 사랑해 줄 수 있는 착하고 너그러운 마음을 가지든지, 그렇지 않으면 돌쇠에게, '이 자식아! 왜 사람을 못 살게 구느냐?' 하고 큰 소리를 칠 수 있는 용기와 힘을 가지든가······.'

수남이는 대궐을 빠져나오며 속으로 외쳤습니다.

'수남아! 너는 겁쟁이다. 나는 겁쟁이란 말이야!'

한길에 나서자 수남이는 큰 소리로 또 외쳤습니다.

"수남아! 너는 겁쟁이란 말이야! 나는 겁쟁이란 말이야!"

그것은 울음 섞인 수남이의 부르짖음이었습니다.

꼬마들의
꿈

미루나무집

웅이네 집 앞쪽에는 맑은 시냇물이 흐르고 있습니다. 시냇가에는 한 그루의 미루나무가 하늘을 찌를 듯이 서 있습니다.

여름 아침 햇살이 마을을 좍 비추면, 이 마을을 먼저 한 바퀴 휘이도는 건 누구일까요? 그건 아기바람입니다.

미루나무 앞을 스치며 지나가던 아기바람은 문득 미루나무 가지 앞에 와 멈춰 섭니다. 무얼 보았기 때문입니다. 미루나무 높은 가지에 조그만 깃발 하나가 달려 있었습니다.

"오늘 아침엔 또 무슨 일이 생겼나?"

아기바람은 혼자 중얼거렸습니다.

이 미루나무 높은 가지엔 해마다 까치가 집을 짓고 알을 낳아 아기까치를 기르고 있습니다.

금년에도 엄마 아빠까치는 이른 봄부터 마른 나뭇가지와 닭의 털 같은 것을 물고 부지런히 드나들더니, 벌써 알을 낳고 새끼를 깐 것입니다. 그 아기까치들이 벌써 저렇게 날게 되었습니다.

이 까치집엔 벌써 세 번째 깃발이 달렸습니다.

장난꾸러기 이 마을 아이들도 이 조그만 깃발을 한 번도 본 적이 없습니다. 이렇게 마음대로 훨훨 날아다닐 수 있는 아기바람밖엔 본 적이 없습니다.

이 미루나무는 무척 높은데다가 곁가지가 없어서, 아이들이 이 나무에 올라올 엄두도 못 냈습니다.

처음 이 까치집 앞에 깃발이 달린 것은, 엄마까치와 아빠까치가 집을 짓고 귀여운 알을 낳았을 때였습니다. 그리고 두 번째 깃발을 단 것은 아기까치들이 알에서 모두 무사히 깨어난 때였습니다.

그럼 오늘 아침, 세 번째 깃발을 단 것은 무엇 때문일까요? 오늘은 아기까치들이 까치집을 나와 나는 법을 배우는 날이랍니다.

어젯밤 엄마 아빠의 말을 들은 아기까치들은 밤이 깊도록 잠을 이루지 못했습니다. 좁고 갑갑한 집 속에서 나가 넓은 세상을 구경하고 푸른 하늘을 마음대로 날아 볼 생각을 하니, 도무지 잠이 오지 않았습니다. 어서 날이 밝았으면 하고 조바심을 쳤습니다.

그러나 정작 잠이 들었을 때는 무서운 꿈을 꾼 아기까치도 있었습니다. 정신없이 제 마음대로 여기저기 혼자 놀러 다니다가 장난꾸러기 마

을 애들에게 붙잡혀 고생하는 꿈을 꾸기도 하고, 무서운 독수리한테 붙잡힐 것 같은 아슬아슬한 꿈을 꾸기도 하였습니다.

그런 꿈들은 벌써부터 엄마 아빠들이 오래전부터 몇 번이고 타일러 주던 이야기를 생각하였기 때문인지도 모릅니다.

아침 일찍 잠을 깬 아기까치들은 어젯밤에 자기가 꾼 무서운 꿈 이야기를 자랑처럼 하느라고 야단들이었습니다.

"자, 조반 먹고 떠나야지."

"엄마, 난 먹고 싶지 않아."

"그게 무슨 소리지? 조반을 든든히 먹고 가야 잘 날 수 있는 거야. 괜히 그러지 말고 어서 조반을 먹어라."

엄마와 아빠는 다른 날보다 더 맛있는 먹이를 구해다 아기까치들에게 먹여 주었습니다.

"오늘은 저 뒷산에 가서 나는 공부를 할 테다. 여태껏은 집 앞에서 날개 움직이는 법과 꼬리 돌리는 법만을 가르쳐 주었지만, 오늘은 정말 마음대로 날아 보는 거다."

아빠까치가 부드러우면서도 뚜렷한 목소리로 말했습니다.

"오늘은 잣나무집 아이들도 올 테고, 전나무집, 그리고 버드나무집 아이들도 올 거다. 너희들은 그애들에게 져서는 안 된다. 그러니까 너희들 마음대로 하지 말고, 엄마 아빠 말 잘 들어야 한다."

"고까짓 놈들에게 우리가 져? 우린 절대로 안 져요."

막내까치가 말했습니다.

"요건, 제일 조그만 자식이 말로만 까불어? 말로만 이기지 말고 정말 이겨야 된단 말이야."

큰언니까치가 막내까치를 보고 눈을 부릅뜨며 말했습니다.

"그럼 언니만 제일이야?"

막내까치도 지지 않았습니다.

"애들이 또 싸움이냐? 너희들 남 모인 데 가서 또 그럴 테냐? 그럼 안 데리고 간다."

엄마까치가 이렇게 걱정을 했습니다.

"안 그럴게요. 엄마!"

"절대 싸우지 않을게요."

언니까치와 막내까치는 이렇게 말했습니다.

"엄마, 우리가 잘못했어! 다신 안 그럴게……."

아기까치들은 이렇게 응석 부리며 말했습니다.

"그래, 내 착한 아기들이지!"

엄마까치는 아기까치들의 머리를 차례로 쓰다듬어 주었습니다.

"너희들이 이제부터 부지런히 나는 공부를 하면, 음력 칠월 칠석엔 저 하늘나라로 데리고 간단다. 이제 은하수에 다리 놓으러 가는 선수를 뽑는단다. 그 선수권 대회에 너희들도 다 뽑혀야 은하수 구경도 할 수 있단다. 그러니까 오늘부터 부지런히 나는 연습을 하란 말이야."

아빠까치의 말에 아기까치들은 서로 빙그레 웃었습니다. 자신이 있다는 뜻입니다.

까치 대운동회

매일 이렇게 나는 연습을 열심히 한 아기까치들은, 이제 제법 잘들 날았습니다. 한여름이 되니 제법 어른까치 못지않게 잘 날 수 있었습니다.
이제 대운동회를 앞둔 까치들은 날기 연습을 한층 더 열심히 했습니다.
아기까치들은 저희들끼리 어디서 어디까지 날아갔다 오자 하고, 몇 명씩 패를 짜서 날기 연습을 했습니다. 처음에는 가까운 곳에서부터 차차 먼 곳으로 날아 이젠 정말 굉장히 먼 곳도 잘들 날았습니다. 미루나무집 까치들도 이젠 누구에게 지지 않을 만큼 잘 날았습니다.
어느 날 아침, 이 미루나무의 까치집 문 앞에는 네 번째 깃발이 바람에 펄럭였습니다. 오늘이 바로 대운동회 날입니다. 은하수에 까치 다리를 놓으러 가는 끼치들을 뽑는 날입니다.
이른 아침부터 산 너머 토끼골을 지나 사슴골에는 몇백 마리의 어른까치와 아기까치들이 모여들어 야단법석입니다.
은하수로 가는 선수를 뽑는 법은 이러했습니다.
한 번에 열두 명씩 한꺼번에 날게 하였습니다. 그리해서 열째까지만 뽑고 마지막 열한째와 꼴찌는 빼놓았습니다. 이렇게 한 번씩 주욱 날게 한 뒤 그 뽑힌 까치들만 가지고, 아까처럼 또 열두 명씩 한꺼번에 날게 하였습니다. 그리해서 또 열 명만 뽑고, 마지막 두 명은 빼놓았습니다.

미루나무집 까치들은 모두 두 번씩 날아 다 좋은 성적으로 뽑혔습니다. 그날 저녁, 미루나무집 까치집에는 즐거운 잔치가 벌어졌습니다. 전나무집 까치나, 잣나무집 까치들은 으레 하나씩은 뽑히지 못했는데 미루나무집 까치들은 막내까치까지 모두 다 뽑힌 것입니다.

그날 밤 엄마까치는 아기까치들에게 은하수 이야기를 들려주었습니다.

"저 하늘나라에 견우라는 총각과 직녀라는 처녀가 살았지. 견우는 소를 몰고 나가 농사를 지었고, 직녀는 비단을 짰고……. 그런데 이 두 사람이 결혼을 한 뒤엔 별로 일은 하지 않고 놀러만 다녔단다. 그래서 하늘나라 임금님은 크게 노하셔서 두 사람을 동쪽과 서쪽으로 나누어 놓았단다. 그리하여 일 년에 단 한 번만 서로 만날 수 있게 한 거야. 그런데 그 일 년에 한 번도 만날 수가 없게 된 거야. 왜냐구? 글쎄, 너희들도 생각해 봐라. 두 사람 앞에는 깊은 강물이 가로막혀 있으니 말이야. 그 강물 이름이 바로 은하수인 거야."

두 눈을 반짝거리며 열심히 듣고 있던 막내까치가 말했습니다.

"배를 타고 견우가 직녀 있는 데로 가든지, 직녀가 견우 있는 데로 오면 되지 않아?"

그렇지만 엄마까치는 천천히 이렇게 대답했습니다.

"배가 있다면야 누가 못 가겠니. 그 은하수엔 배도 아무것도 없단 말이야."

"누가 다리라도 놓아 주면 좋겠네."

둘째까치가 말했습니다.

"네 생각대로란다. 우리 까치들이 그걸 알았단 말이야. 그래서 우리 까치들이 까치 다리를 놓아 주기로 했단다. 우리 까치만이 아니라, 우리들의 사촌인 까마귀들도 마찬가지지만. 그래서 그 다리 이름을 '오작교'라고 그런단다. '까마귀와 까치들이 놓아 준 다리'라는 뜻이지."

"까마귀와 까치들이 어떻게 다리를 놓을까?"

막내가 의심스러운 듯이 큰언니를 보며 말했습니다.

"응, 그건 이렇게 하는 거란다. 까마귀와 까치들이 물 위에 죽 꼬리를 물고 나란히 서면 되는 거야. 이렇게 여러 줄로 서면 견우 직녀가 우리들의 등을 밟고 사뿐사뿐 걸어간단다."

"어유, 무거워서 어떻게?"

"그렇지만 디디고 곧 지나가 버리니까 잠깐 동안이지."

"견우 직녀가 정말 내 등도 한 번 밟아 주었으면 좋겠네."

큰언니까치가 말했습니다.

"어서 칠월 칠석이 되었으면 좋겠지?"

"응."

밖은 지금 환한 보름달 밤입니다. 그러니까 지금은 6월 대보름. 이제 저 둥근 달이 기울었다 없어지고, 새 달이 되어 눈썹 같은 초승달이 되어, 몇 밤만 지나면 칠석날이 된다고 엄마까치는 아기까치들에게 가르쳐 주었습니다.

그런데 이상하게도 은하수 이야기는 자세히 들려주면서도 달나라 이야기를 들려 달랬더니 그건 아직 알 필요가 없다고 들려주지 않았습니다. 그러니까 막내까치는 더욱 달나라 이야기가 듣고 싶었습니다.

언젠가 막내까치는 어렴풋이나마 저 환한 달나라 이야기를 들은 적이 있습니다. 얼마 전 일이라고 막내까치는 생각합니다. 막내까치는 사슴골에 놀러 갔다가 아기사슴에게서 달나라 이야기를 대강 들었습니다. 그러나 아직 자세히는 모릅니다. 그 아기사슴도, 토끼 할머니에게 듣기는 하였지만 잘은 모른다고 했습니다.

"엄마, 은하수 이야기는 이제 그만 하라는데도······. 이제 가 보면 더 자세히 알걸 뭐. 저기 저 환하고 둥그런 달나라 이야기 좀 들려주셔요."

막내는 또 이렇게 졸라 보았으나 엄마까치는 역시, 아직 너희들이 알 필요가 없다고 해주지 않았습니다.

"엄마, 저 달나라에는 계수나무가 있다지 않아요? 그리고, 그 계수나무 숲에선 옥토끼들이 노래와 춤에 장단을 맞춰 떡방아를 찧는다지요?"

"글쎄, 너희들은 아직 몰라도 좋대도, 이제 어른이 되면 저절로 알게 된다는데도······."

엄마까치는 버럭 화를 내기까지 했습니다. 막내까치는 엄마가 그러는 게 우습다고 생각했습니다. 그럴수록 알고 싶은 생각이 더해만 갔습니다.

언니까치들이 다 잠든 뒤에도 막내까치는 까치집 창문턱에 턱을 괴고, 환한 보름달을 오래오래 쳐다보고 있었습니다.

정말 바라보면 바라볼수록 보름달 속엔 참말로 계수나무가 있고 옥토끼들이 지금 한창 떡방아를 찧고 있는 것도 같았습니다.

가만히 귀를 기울이면, 떡방아를 찧으며 부르는 노랫소리가 귓가에 들려오는 것도 같았습니다.

막내까치는 "후유……." 하고 긴 한숨을 쉬었습니다.

계수나무 숲

여기는 달나라 계수나무 숲 속입니다. 지금 엄마토끼들은 아기토끼들이 부르는 노래에 맞춰 떡방아를 찧고 있습니다. 노래가 빠르면 절굿공이노 빨라졌고 노래가 느리면 절굿공이도 자연 느렸습니다.

옥토끼들이 떡방아를 찧는다는 것은 어려운 일이 아니라 즐거운 춤 같았습니다. 멋진 장단 같았습니다. 그러니까 이 노래와 장단에 가만히 있을 수 없습니다.

아기토끼들은 저쪽에서 장단을 맞춰 멋지게 춤을 추기도 하였습니다.

더 어린 토끼들은 저희들끼리 저쪽 계수나무 숲에서 술래잡기를 하며 놀고 있었습니다. 모두 즐겁게 노래하며, 춤추며, 일하고, 또 뛰놀고 있었습니다.

그런데 이게 웬일일까요? 참 이상한 일입니다.

이 숲 한구석에 아까부터 우두커니 서 있는 아기토끼 한 마리가 있었습니다. 술래잡기를 하느라고 그러는가 했더니 그렇지도 않았습니다.

아기토끼는 무척 쓸쓸한 얼굴을 하고 있었습니다.

아기토끼는 가만히 앉더니, 손을 턱에 괴고 고개를 푹 숙인 채 무얼 열심히 생각하고 있는 것 같았습니다.

'옳아, 엄마토끼한테 꾸중을 들었나 보다. 그렇지도 않으면 동무들과 놀다가 싸움이라도 한 모양이지?'

아니었습니다. 지금 아기토끼는 고개를 숙이고 열심히 아래를 내려다보고 있습니다.

아래를 내려다보다니요?

하늘나라, 아니 달나라에서 아래라니까 사람들이 사는 이 세상 말입니다.

우리 사람들이 밤하늘에 반짝이는 별이나 달을 쳐다보며 이상하게 생각하는 것과도 같이 아기토끼는 이 세상을 그런 이상한 눈으로 굽어보고 있는 것입니다.

정말 번화한 도시의 밤거리를 저 높은 하늘에서 굽어본다면 꼭 우리가 밤하늘을 쳐다보는 것같이 멋있을 거예요.

아기토끼는 혼자 이렇게 속으로 중얼거렸습니다.

'꼭 한번 내려가 보고 싶은 세상이다. 아직 한 번도 보지 못한 저 세상엔 얼마나 신기한 것들이 많이 있을까?'

밤도 퍽 깊었습니다.

술래잡기를 하던 아이들은 벌써 하나 둘 흩어지기 시작했습니다.

"내일 저녁 다시 만나. 안녕!"

"그래, 잘 자!"

노래하며 춤추던 아기토끼들의 노랫소리도 이젠 들리지 않았습니다. 그러니까 엄마토끼들의 떡방아 찧기도 이젠 그만둔 것입니다.

이제 떠들썩하고 흥청거리던 계수나무 숲 속은 조용해졌습니다. 떡방아 소리도, 노랫소리도, 아기토끼들의 뛰노는 소리도. 벌써 아기토끼들은 단꿈을 꾸고 있을 겁니다.

그러나 아까부터 이 숲에 와 앉아 사람들이 사는 세상을 굽어보던 아기토끼만은 그냥 그대로입니다. 사방이 조용해지고 밤이 깊은 것을 몰라서가 아닙니다. 아무리 밤이 깊어도 훌쩍 일어나 집으로 돌아가고 싶은 생각이 나지 않기 때문입니다. 어쩌면 앉은 채 졸고 있는지도 모릅니다.

'또 엄마 아빠가 찾아 나올 테지?'

아기토끼는 이런 생각을 하면 참말 엄마 아빠가 귀찮았습니다.

'왜 저 하고 싶은 대로 내버려두지, 자꾸 찾아다니는가 말이야?'

아니나 다를까, 어디서 저를 부르는 소리가 들려왔습니다.

"옥아! 옥아!"

"우리 옥이 어디 있니?"

엄마는 눈물 섞인 목소리로 저를 부르기까지 했습니다.

그러나 아기토끼는 못 들은 척, 그냥 그대로 앉아 있습니다. 옥이……. 그렇습니다. 얼마나 귀여운 이름입니까? 옥같이 귀엽다고 엄마 아빠는 이 아기토끼에게 이런 사랑스런 이름을 지어 주고, 또 무척 귀여워했습니다. 다른 토끼 엄마 아빠들이 사랑하는 것보다 더 사랑하고 있는지도 모릅니다.

그러나 옥이는 그게 한층 더 귀찮게만 생각되었습니다.

'다른 아이들은 밤늦게 어디를 나가 놀든 엄마 아빠가 그냥 내버려두는데, 우리 엄마 아빠는 왜 저렇게 성가시게 찾아다닐까? 마음껏 놀다 자고 싶으면 집으로 돌아갈 게 아냐!'

"옥아, 옥아!"

부르는 소리가 가까워지는 것 같더니 이번엔 또 멀어졌습니다.

'옳다, 됐다. 저렇게 날 찾다가 못 찾으면 집으로 돌아가 버릴 테지. 그때 내가 곧 집으로 가면 된다. 그 다음부터는 날 찾아다니지 않을 거야.'

이런 생각을 하며 옥이는 엄마 아빠가 부르는 소리가 점점 더 멀어지기만 바랐더니 웬일인지 "옥아, 옥아……" 소리는 또다시 가까워졌습니다.

그러나 옥이는 엄마토끼가 수박등에 불을 켜 가지고, 숲 속으로 자기를 찾아올 때까지 꼼짝도 않고 그냥 앉아 있었습니다.

숲 속에서 아기토끼를 발견한 엄마토끼는 반갑기도 하고 또 한편 무척 괘씸하기도 했습니다.

"얘, 옥아! 이게 무슨 짓이냐? 너는 이 엄마를 어떻게 하려는 것이냐? 무엇 때문에 이렇게 이 어미의 가슴을 태우느냐 말이야. 딴 집 애들은 밤만 깊으면 모두 자기 집에 들어가 손발 깨끗이 씻고 쌔근쌔근 잠을 자는데, 너는 왜 늘 이렇게 외톨박이가 되어 나무 그늘에 우두커니 앉아 있느냐 말이야? 자, 어서 집으로 돌아가자."

엄마토끼는 울음 섞인 목소리로 이렇게 타일렀으나, 아기토끼 귀에는 그 말이 조금도 들리는 것 같지 않았습니다.

그러나 이젠 정말 어머니를 따라 집으로 돌아가야 했습니다.

아무리 그의 엄마 아빠라도, 지금 옥이가 왜 이러는지를 알아보려 하지 않는 게 이상한 일입니다.

그러니까 아기토끼가 지금 생각하고 꿈꾸고 있는 것이 무엇인지 통 모를 것이 아닙니까? 아닙니다. 그보다도 옥이 토끼가 좀 더 엄마를 졸라서 사람들이 사는 세상 이야기를 들려 달랬으면 좋겠지요?

칠석날에 생긴 일

기다리던 칠석날이 되었습니다. 대운동회에서 뽑힌 까치들은 모두 하늘나라로 올라가게 되었습니다. 은하수에 다리를 놓으러 가는 게지요.

"우리는 오늘 은하수 구경도 할 수 있고, 견우 직녀도 볼 수 있지!"

"그럼, 일 년에 단 한 번 서로 만나니 얼마나 기쁠까?"

"그러기에 그들은 만나면, 서로 부둥켜안고 울기만 한다지."

"그래서 칠석날에 비가 온대. 그 비가 바로 견우 직녀가 흘린 눈물이라지 않아!"

아기까치들은 모두 이런 이야기를 주고받았습니다.

처음 가 보는 하늘나라, 그리고 처음 은하수에 놓아 보는 오작교!

아기까치들에겐 모든 게 신기하게만 생각되었습니다. 아직 한 번도 보지 못한 딴 세상 구경을 하게 되었으니까 말입니다.

잣나무집 까치들도, 전나무집 까치들도, 그리고 미루나무집 까치들도 모두 새 옷을 갈아입고 나섰습니다. 이 마을에서 제일 나이 많은 할아버지까치가 여러 가지 주의 말을 했습니다. 두 눈들을 반짝거리며 아기까치들은 열심히 그 이야기를 듣고 있었습니다. 그러나 한 마리 아기까치만은 그 이야기를 들으려 하지 않았습니다.

그게 뉘네 까치일까요? 미루나무집 막내까치였습니다.

하늘나라로 날아올라갔던 까마귀, 까치들은 견우 직녀에게 오작교를 만들어 주고는 다시 사람들이 사는 세상으로 내려왔습니다.

"우리 동네 꼬마들은 다 왔지?"

할아버지까치가 물었을 때, 미루나무집 엄마까치는 근심스러운 얼굴로 이렇게 대답했습니다.

"다들 왔는데, 우리 막내만 아직 안 왔군요!"

"그놈의 장난꾸러기는 어디 가 놀다가 돌아오려는 게지, 땅에 아직 내려오지 않은 까치라곤 없을 테니까."

그러나 밤이 되어도 미루나무집 막내는 돌아오질 않았습니다.

"참말 이상한 일도 있네. 이게 어찌 된 일일까? 은하수에 빠지지나 않았을까?"

"우리 막내가 은하수 강물에 빠져요? 얼마나 재빠르다고요."

제일 큰언니까치가 이렇게 대답했습니다.

"어떻든 아직 돌아오지 않은 걸 보면 무슨 사고가 생긴 게 분명하단 말이야."

"어머니, 조금만 기다려 봐요. 꼭 돌아올 거예요."

그러나 막내까치는 돌아오질 않았습니다.

엄마까치는 전나무집에 가 물어보았습니다. 모른다고 했습니다. 잣나무집에 가 물어보았습니다. 역시 모른다고 했습니다.

엄마까치는 가지 초롱에 불을 켜 들고 토끼골을 찾아가 보았습니다. 거기에도 없었습니다. 토끼 고개를 넘어 사슴골에 가 보았으나, 막내를 보았다는 까치는 없었습니다.

　미루나무집 막내까치는 처음부터 은하수 쪽으로 날아가질 않았습니다.
　달나라를 향해 막내까치는 저 혼자 날아간 것입니다. 그러니 그가 지금 다른 까치들과 함께 돌아왔을 리가 없습니다.
　미루나무집 엄마 아빠까치나 언니까치들은 전혀 이런 일을 모르고 있습니다.
　막내는 혼자 달나라를 향해 날아갈 때는 조금 걱정이 되었습니다. 그러나 정작 제 마음대로 날아가 볼 수 있게 되었다고 생각하니 용기가 부쩍 났습니다. 어떻든 고생은 했고 또 고단하기도 했지만 막내까치는 무사히 달나라에 도착한 것입니다.
　그런데 막내가 생각했던 것보다 이상하리만큼 달나라는 조용했습니다. 막내까치는 어느 계수나무 숲에 날아와 앉아 지친 날개를 쉬었습니다.
　바로 그때, 어디서 훌쩍훌쩍 우는 소리가 들려왔습니다.
　막내까치는 깜짝 놀라 소리 나는 곳으로 가만가만 찾아가 보았습니다.
　숲 그늘에 아기토끼 한 마리가 웅크리고 앉아 사람들이 사는 세상을 내려다보며 울고 있는 게 아닙니까.
　막내까치는 조용히 아기토끼 있는 데로 다가갔습니다.
　"토끼 아가씨, 왜 울고 있지요?"
　막내까치는 부드럽고 정다운 목소리로 물었습니다.

아기토끼는 깜짝 놀랐습니다. 곁에 누가 있으려니는 꿈에도 생각지 않았던 일이었습니다.

아기토끼는 정신을 가다듬고 조용히 고개를 들더니,

"나더러 왜 우느냐고 묻는 건 누구지요?"

하고 물었습니다.

"나는 사람들이 사는 저 아래 세상에서 온 아기까치입니다. 이름은 미루나무집 막내."

"그런데 당신은 왜 오작교를 놓으러 은하수로 가지 않고 이렇게 달나라에 왔지요?"

"달나라 구경이 하고 싶어서요. 어떤 일이 있더라도 한 번은 꼬옥 보고야 말겠다던 그리운 달나라! 그러나 달나라에 와서 처음 만난 것은 울고 있는 아기토끼였어요. 달나라는 무척 살기 좋은 곳인 줄 알았더니 달나라에도 슬픈 일은 있나 보지요? 눈물을 흘리는 것을 보니……. 참말, 아기토끼는 왜 이런 쓸쓸한 곳에 혼자 앉아 울고 있지요?"

"당신이 달나라 구경이 하고 싶어서 견딜 수 없던 것 같이 나는 사람들이 사는 땅 위의 세상 구경이 하고 싶어서 그런답니다. 우리 엄마 아빠는 내가 말을 잘 듣지 않는다고 나만 남겨두고 저 산봉우리 오작교 놓는 구경을 갔답니다."

막내까치와 옥이 토끼

"옳아, 그래서 이 계수나무 숲 속이 조용하구먼. 그럼 왜 이런 때에 세상 구경을 못 내려가시나요?"

"당신들처럼 날개가 있어야죠."

"참 그렇군! 그런데 당신 이름이 뭐지요?"

"옥같이 귀엽다고 옥이! 그러나 지금은 이름뿐! 귀여워하지도 않아요."

"아니에요. 이름 그대로 무척 귀엽습니다. 말을 듣고 나니 옥이 토끼님도 어딘가 나와 비슷한 데가 있는 것도 같군요. 참말 어쩌면 우리는 이런 곳에서 만나게 되었을까요? 참말 좋은 기회입니다. 옥이 토끼님, 어서 눈물을 씻고 내 말을 들어 보세요."

막내까치는 신이 나서 이야기를 시작했습니다. 옥이 토끼도 두 눈의 눈물을 닦고 막내까치 앞에 다가앉았습니다. 막내까치는 자기들이 사는 마을 이야기로부터 토끼고개 이야기, 사슴골 이야기, 그리고 산과 냇물과 바다 이야기를 차례로 들려주었습니다.

옥이 토끼는 아직 한 번도 본 적 없는 예쁜 마을이며 물결이 넘실거리는 바다와 모래밭이 한층 더 그리워졌습니다.

그리고 막내까치는 봄 여름 가을 겨울, 철 따라 변하는 여러 가지 재미있는 이야기를 들려주었습니다.

"우선 그리워서 찾아온 달나라니 이야기로서만 말고 실제로 달나라의 이곳저곳을 데리고 다니며 차근차근 구경시켜 주십시오."

이 말에 옥이 토끼는 약간 근심스러운 얼굴을 하더니,

"그럼 나를 따라오셔요. 내가 여기저기 갈 수 있는 곳까지는 데리고 다니면서 구경시켜 드리지요. 그런 구경을 떠나기 전에 까치님과 몇 가지 미리 약속해야 할 일이 있어요."

하며 옥이 토끼는 발걸음을 멈췄습니다.

"무슨 약속이지요?"

막내까치도 멈춰 섰습니다.

"내가 며칠 동안 까치님을 데리고 다니며 구경을 시켜 준 뒤면 반드시 까치님은 나를 데리고 사람들 사는 저 세상 구경을 시켜 준다는 것과, 또 한 가지는 내가 까치님을 데리고 여기저기 구경을 다니다가 파수병에게 들키게 되어도, 그 책임을 내게 지우지 않겠다는 두 가지예요. 까치님은 지금 이 자리에서 그걸 굳게 약속할 수 있어요?"

"그런 건 조금도 어려울 것 없습니다. 나는 두 날개를 가지고 있으니까, 누가 붙잡으려 하면 곧 날아나니까요. 파수꾼 토끼쯤 조금도 두려울 것 없습니다. 그리고 내가 달나라 구경을 마치고 집으로 돌아갈 때면 반드시 옥이 토끼님을 데리고 가지요. 그야 미리 약속까지 하지 않아도, 내가 옥이 토끼님의 신세를 갚기 위해서라도, 반드시 데리고 가야 할 일이 아니에요?"

막내까치의 말을 들은 옥이 토끼는 너무 기뻐서 깡충깡충 뛰었습니다.

"사실 오늘은 달나라 임금님 토끼도 은하수를 바라보러 저 높은 산에 올라갔기 때문에 파수꾼 토끼들도 거의 거기 갔을 겁니다. 자, 그럼 어서 구경을 떠납시다."

깡충깡충 토끼가 앞장을 섰습니다. 막내까치도 훌쩍훌쩍 뛰어 갑니다.

"먼저 보고 싶은 게 아마 우리 토끼들이 방아를 찧는 곳일 거예요. 자, 이리로 오셔요."

계수나무 숲길을 지나, 넓은 벌판으로 나왔습니다. 거기에는 새하얀 절구들이 줄을 지어 놓여 있었습니다. 그것은 마치 흰 운동복을 입고 운동장에 늘어선 학생들 같기도 했습니다.

"이 절구 하나에 두 명씩 마주 서서 떡방아를 찧는답니다. 아기토끼들의 노래에 맞춰, 절굿공이가 똑같이 올라갔다 내려오곤 하지요. 그 장단에 춤을 추는 어린 토끼들의 모습은 한층 더 귀엽답니다."

"떡방아 찧는 것을 좀 보았으면……."

막내까치는 혼잣말처럼 중얼거렸습니다. 옥이 토끼는 막내까치를 다시 한 번 뚫어져라 쳐다보더니 이렇게 말했습니다.

"정말 까치님이 우리 달나라에 온 목적이 어떤 것을 탐정하러 왔거나 나쁜 생각을 가지고 오지만 않았다면, 나는 우리 달나라 임금님께 까치님을 소개하겠어요. 그렇게 하면 까치님은 우리 달나라의 여러 가지 재미있는 일을 낱낱이 구경하고 갈 수 있을 거예요. 마음 놓고 기쁘고 즐거운 마음으로……."

"그건 내 목을 걸고 맹세합니다. 우리 까치들은 착한 짐승입니다. 우리들이 사람들의 집 안 나무에 앉아 울면 반드시 좋은 일이 생긴다고, 사람들은 우리들의 우는 소리를 듣고 싶어 한답니다. 이것 한 가지만 보더라도 우리 까치들이 얼마나 착한 짐승인지 알 수 있지 않아요? 그리고 오늘같이 남을 위하여 다리를 놓아 주러 은하수까지 날아간 것을 보셔요."

"참말, 까치님의 말이 맞아요."

"옥이 토끼님이 세상에 내려가 보고 싶다는 생각도, 내 생각과 똑같을 거예요."

"참말, 그래요."

"그것 봐요. 우리는 서로 이렇게 똑같은 생각을 갖고 있지 않아요? 그러니까 우리는 오래전부터 알게 되고 사귄 거나 다름이 없어요."

"알겠어요. 우리나라 임금님께서는 오늘 저녁 늦게 돌아오실 거예요. 그러니까 까치님은 이제 우리 집에 가서 하룻밤 푹 쉬셔요. 피곤하실 테니까……. 그리고 내일, 내가 임금님께 소개할 테니 임금님을 만나 뵙기로 합시다. 임금님께서도 까치님의 이야기를 들으시면 무척 반가워하실 거예요. 내일도 내가 안내해 드리지요."

"고맙습니다."

"까치님은 이야기를 잘하니까, 세상 이야기를 차근차근 임금님께 해 드리셔요. 그러면 8월 대보름 명절날 같이 큰 잔치를 배풀 거예요."

막내까치도 마음이 기뻐서 옥이 토끼를 따라갑니다.

이상한 나무 열매

말없이 따라가던 막내까치는 갑자기 이렇게 물었습니다.

"8월 대보름이란 게 뭐지요? 8·15라는 건가요? 사람들이 깃발을 흔들고 다니는 날 말이에요."

"아니, 우리 달나라의 제일 큰 명절 8월 대보름날을 몰라요? 참, 사람들은 양력이라는 걸 쓴다지요? 그건 태양을 가지고 만든 거지만, 우리는 달나라에 사니까 모든 게 음력이지요."

"알았어요, 8월 추석 말이군! 8월 한가위!"

"우리는 추석이 뭔지 한가위가 뭔지 모르지만 어떻든 우리 달나라에선 세일 큰 명절이랍니다. 그 다음 명절이 정월 대보름날이구요. 이런 명절엔 여러 가지 재미있는 일이 많지요. 경기도 여러 가지랍니다. 누가 노래를 제일 잘 부르나? 누가 춤을 제일 잘 추나? 누가 제일 잘 달리나? 그리고 어느 마을 엄마들이 떡방아를 제일 멋지게 찧나……. 상품도 참 많구요……."

"참 굉장하겠군요. 나도 꼭 한번 구경하고 싶은데요."

이런 말을 주고받으며 막내까치는 옥이 토끼 뒤를 열심히 따라갑니다.

"저기가 임금님이 사시는 대궐이랍니다. 저어기, 저기 보이지요?"

옥이 토끼는 한쪽 귀로 그것을 가리켰습니다.

대궐 가까운 곳에 들어서자 처음 보는 이상한 가로수가 늘어서 있습니다. 가로수를 자세히 쳐다보았더니 가로수에는 정말 먹음직한 빠알간 나무 열매가 달려 있었습니다.

옥이 토끼도 이 길은 처음이요, 더구나 이런 가로수에 이런 먹음직한 열매가 달려 있는 것을 본 적은 없습니다.

"아이 참, 예쁘기도 해라. 아이 참, 먹음직도 해라!"

옥이 토끼는 침을 꿀꺽꿀꺽 삼키며 말했습니다. 막내까치는 그게 참 우스워서 '깍깍깍' 하고 울었습니다.

"그게 뭐 그렇게 맛있는 열매겠어요? 사람들이 사는 세상에 내려가면 배, 사과, 감, 돌배, 셀 수 없이 맛있는 열매가 수두룩하답니다."

"그렇지만 지금 우리는 달나라에 있지 않아요? 그러니까 달나라에선 이게 제일이거든요. 자, 까치님도 한 개 맛보셔요. 그런데 나는 키가 작아 딸 수가 없어요. 좀 따 주셔요."

옥이 토끼의 말이 떨어지기가 바쁘게 막내까치는 푸드득 날아올라 빠알간 열매 두 개를 땄습니다.

"자, 하나씩 먹어 봅시다. 맛있으면 더 먹지요."

그들은 길가에 앉아 빠알간 열매를 맛있게 먹었습니다.

그런데 이건 또 어찌 된 일일까요? 그들이 그 빠알간 열매를 다 먹기 전에 갑자기 졸음이 왔습니다. 그들은 먹던 나무 열매를 땅에 떨어뜨리고 그 자리에 쓰러져 버리고 말았습니다.

얼마 뒤에 그들은 다시 잠을 깨었습니다.

막내까치는 옥이 토끼를 보더니,

"옥이 토끼님, 옥이 토끼님은 어디로 갔어요?"

하고 눈이 동그래졌습니다.

옥이 토끼는 옥이 토끼대로 막내까치를 보더니,

"까치님, 까치님, 미루나무 까치님! 어디로 갔어요?"

서로 마주 보고 이렇게 야단들이었습니다.

"내가 바로 미루나무집 막내까친데요."

"내가 바로 옥이 토낀데요."

그러나 까치가 찾는 토끼의 모습을 볼 수 없었습니다. 토끼가 찾는 까치의 모습도 볼 수 없었습니다.

"그럼 옥이 도끼님 모습이 까치로 변했나 봐요."

"내 모습이 까치로 변했지요? 참말 그래요. 그리고 까치님의 모습이 토끼로 변하고."

"그러니까 우리는 서로 모습이 바뀐 모양이죠?"

"그렇게 됐나 봐요."

"거울이 있었으면 좋겠어요. 내 모양을 비춰 보게요."

"거울 대신 저기 동그란 옹달샘이 있어요. 어서 그리로 가요."

옥이 토끼는 까치가 되어 날아가고, 막내까치는 토끼가 되어 깡충깡충 뛰어갔습니다.

정말 그들이 옹달샘에 와서 자기들의 모습을 비춰 봤을 땐 놀라지 않을 수가 없었습니다. 벌써 짐작했던 대로 그들은 서로 모습이 바뀐 것입니다.

그러나 그들은 한 가지 좋은 생각을 했습니다.

"참 공연한 걱정을 여태껏 했어요. 아무 걱정할 건 없어요. 이제부터 이렇게 하면 되지 않아요?"

옥이 토끼는—아니, 지금은 까치가 된—도리어 기쁜 듯이 말했습니다.

"어떻게 한단 말이에요?"

"당신은 달나라가 그리워 달나라를 찾아온 게 아녜요? 그리고 나는 당신들이 사는 세상에 가고 싶어 하지 않아요? 그러니 이제는 아주 당신과 내 이름을 맞바꿔 버린단 말예요. 그러면 당신은 옥이 토끼가 되어 이 달나라에서 살고, 나는 저 세상에 내려가 다른 까치들과 살면 되지 않아요? 참 잘되었지 뭐예요?"

이 말을 들으니 막내까치도 기뻤습니다.

"잠시 동안이라도 와 보고 싶던 이 달나라에서 영원히 살게 된다. 이게 꿈이나 아닐까?"

막내까치는 좋아서 어쩔 줄을 몰랐습니다.

"그러나 앞으로 어떤 일이 있든지 우리는 후회해선 안 돼요."

"누가 후회를 해요?"

옥이 토끼가 된 첫날

"그럼 난 지금 곧 집을 떠날 테에요. 엄마 아빠가 돌아오면 들킬는지도 모르니까……."

이렇게 말하기가 무섭게 옥이 토끼는 날개를 훨훨 치며 푸른 하늘을 날아가 버리는 것이었습니다. 그것을 본 막내까치는 그게 꼭 꿈같이만 생각되었습니다.

'도대체 이게 어찌 된 일이지? 옥이 토끼는 까치가 되어 내 대신 세상으로 날아가 버리고, 그 대신 내가 여기 남아 있으니……. 이제 옥이네 식구들이 돌아오면 나는 어떻게 해야 하지? 그들은 나를 옥이로 알고 얘, 옥아! 하고 부를 테지? 그럼 그때 나는 그들을 보고 무어라고 하지?'

이런 생각을 하니, 토끼가 된 막내까치는 그만 겁이 더럭 났습니다.

'여기서 이렇게 어물거리다가는 또 무슨 변을 당할지 모른다.'

막내까치는 옥이 토끼를 처음 만났던 숲으로 갔습니다.

'나는 이제 까치가 아니다. 나는 토끼다. 내 이름은 옥이다. 옥이다. 나는 옥이다.'

막내까치는 이렇게 자기 이름을 외며 깡충깡충 걸어갔습니다.

막내까치는 웬일인지 뛰어가다 문득 섰습니다. 자기 그림자를 보니 기가 막혔기 때문입니다. 두 귀를 쫑긋거리는 토끼. 지금은 귀엽다기보다 어쩐지 징그러운 것 같았습니다.

'하늘을 마음대로 날아다닐 수 있던 그 자유롭던 날개며 꽁지는 어찌 되었나?'

생각할수록 막내까치는 가슴만 두근거렸습니다.

숲 속에 와 앉아, 이런 생각 저런 생각을 하고 있으려니, 어느새 밤이 된 모양입니다. 여기저기서 떠들어 대는 소리가 들려왔습니다. 저쪽 한 길 쪽에서 토끼들이 돌아오며 지껄이는 소리가 점점 가까워졌습니다.

'응, 은하수에 오작교 놓는 구경 갔던 토끼들이 이제 모두 돌아오는 모양이로구나! 옥이 토끼의 어머니도 돌아올 테지? 와선 나를 보고 '옥아!' 하고 부를 테지? 그때 나는 무어라고……'

막내까치는 몇 번이고 이런 생각을 되풀이했습니다. 숲 속에 웅크리고 앉은 막내까치의 두 귀는 덜덜덜 떨렸습니다.

토끼 임금이 대궐로 들어가는 행진이 끝나자 다른 토끼들도 각각 자기 집으로 돌아갔나 봅니다. 숲 속은 다시 조용해졌습니다.

조금 뒤였습니다. 저쪽에서 옥이를 부르는 소리가 들려왔습니다.

"옥아, 옥아!"

그 소리를 들은 막내까치는 "엄마, 나 여기 있어요!" 하고 용감하게 나서야 할는지 그렇지 않으면 그냥 가만히 있어야 할는지 도무지 생각이 나질 않았습니다. 그저 가슴만 덜덜 떨렸습니다.

'가만히 있어도 들키고 말 텐데……. 그땐 톡톡히 경을 칠 게 아닌가?'

막내까치는 그만 엉엉 울어 버렸습니다. 그 울음소리를 옥이 엄마가 들었습니다. 막내까치 앞에 다가온 옥이 엄마는 그만 화가 나서 소리 질렀습니다.

"얘, 옥아! 넌 왜 그렇게도 이 어미의 속을 바싹바싹 태우느냐?"

그러나 막내까치는 무어라 대답할 말을 몰랐습니다.

"엄마 잘못했어요. 다신 안 그럴게요."

"그래, 어서 집으로 가자! 집에 가서 얘기하자. 아빠랑 언니들이 모두 걱정을 하고 있을 테니까."

막내까치는 옥이 엄마의 뒤를 따라가고 있었습니다.

'난 이제 정말 어떻게 될까? 아무래도 들킨 바에는 일찌감치 여태껏 된 일을 죄다 이야기해 버리고 말까? 그렇지민 그랬디기는 달나라에서 날 죽여 버리고 말는지도 몰라.'

이러는 동안에 옥이 토끼네 집에 왔습니다. 까치들은 나무에 집을 짓고 살지만 토끼들은 땅에 집을 짓고 살았습니다.

"자, 이리 앉아라!"

막내까치는 엄마토끼가 하라는 대로 합니다. 곁에 앉은 게 아빠토끼고, 그 곁에 앉은 게 언니토끼 같아 보였습니다.

"그래, 넌 어쩌자고 자꾸 쏘다니는 거냐? 왜 집에 좀 붙어 있질 못하느냐 말이야?"

아빠토끼가 꽥 소리치는 바람에 막내까치는 그만 소름이 좍 끼쳤습니다.

"아버지 이젠 그만해 두셔요."

언니토끼가 이렇게 말했습니다.

"얘, 옥아. 이리 온! 내 오늘 은하수 바라보고 온 이야기해 줄게……."

언니토끼는 막내까치를 이렇게 위로해 주었습니다. 막내까치는 그제야 조금 안심이 되었습니다.

그러나 아빠토끼는 또 다시 꽥 소리를 질렀습니다.

"너, 엄마 아빠 말 잘 안 들으려거든 집에서 아주 나가 버려라. 꼴 보기 싫다. 밤낮 술래잡기하듯, 어떻게 찾아다닌단 말이냐!"

"얘, 옥아! 어서 잘못했다고 빌어!"

언니토끼가 막내까치의 귀에다 대고 이렇게 소곤거렸습니다.

"잘못했어요, 아버지! 다시는 안 그러겠어요."

막내까치의 두 눈에선 눈물이 주르르 흘러내렸습니다.

울다 잠이 든 뒤에야 막내까치는 자기가 토끼라는 생각을 잊어버릴 수가 있었습니다.

물을 길어 오너라

얼마나 잤는지, 날이 환히 밝았습니다. 갑자기 떠들썩한 소리가 났습니다.

"이 집이다. 이 집이다!"

"그래 맞다. 이 집이다!"

하는 소리와 함께 문 두드리는 소리가 났습니다.

그러자 막내까치가 있는 옥이네 집 문이 좌악 열렸습니다.

문 안으로 들어오는 것은, 전혀 생각지 않았던 미루나무집 까치 형제였습니다.

"얘, 막내야, 너 여기가 어디라고 와 있니? 아버지 어머니가 얼마나 너를 찾아다녔는지 모른단다. 기다려도 기다려도 돌아오지 않기에 이젠 사나운 짐승에게 잡혀 죽은 줄 알고 있단다. 혹시 달나라에 가지나 않았나 하고 우리가 찾아온 거란다. 자, 막내야, 곧 집으로 돌아가자!"

이 소리를 들은 막내까치는 얼마나 기뻤겠습니까?

막내까치와 언니까치들이 옥이네 집을 나오려고 했을 바로 그때, 방문이 저절로 쾅 하고 닫혔습니다. 아무리 밀어도 문은 다시 열리지 않았습니다.

까치들은 그만 큰 소리를 내어 울어 버렸습니다.

얼마나 큰 소리로 울었는지 막내까치는 그만 제 울음소리에 놀라 잠이 깨었습니다. 깨고 보니, 꿈이었습니다.

막내까치는 곧 자기 몸을 더듬어 보았습니다. 토끼 그대로입니다. 머리를 만져보아도, 두 귀와 꼬리를 만져 보아도 토끼 그대로입니다.

막내까치는 그게 오히려 다행한 일이라고 생각했습니다. 만일 지금 갑자기 자기가 까치로 돌아가 버렸다가는 들킬 것입니다. 들키기만 하면 곧 잡혀서 큰 야단을 맞을 것입니다.

다른 토끼들은 무척 고단한 모양입니다. 세상모르고 모두 쿠울쿨 자고 있습니다. 꿈에서 깬 막내까치는 다시 생각에 잠깁니다.

'인제 나는 정말 어떻게 하지? 이렇게 토끼대로만 있어도 걱정이란 말이야. 토끼들이 하는 일을 통 모르지 않아! 노래를 부를 줄 아나, 떡방아를 찧을 줄 아나, 춤을 출 줄 아나! 당장 내일부터라도 옥이 엄마 아빠가 일을 시키면 어떻게 하나?'

'그렇다! 몸이 아프다고 자리에 그냥 누워 있자. 누워서 그들이 하는 일을 하나하나 배우자. 눈치로 일을 배우자.'

이런 생각을 하다가 지쳐 막내까치는 다시 잠이 깜빡 들었습니다.

잠만 들면 또 꿈을 꾸었습니다. 꿈만 꾸면 막내까치는 다시 까치가 되어 미루나무집에 살고 있었습니다.

그리고 온 집안 식구가 토끼골, 사슴골로 '막내까치야!'를 부르며 찾아다니는 꿈도 꾸었습니다.

언니들이 이 달나라에 또 찾아온 꿈도 꾸었습니다.

꿈을 깬 것은 정말 날이 다 밝은 뒤였습니다.

"자, 어서 일어들 나거라!"

옥이 엄마가 막내까치를 흔들어 깨웠습니다. 그 바람에 꿈을 깬 것입니다.

"엄마, 나 머리 아파!"

"요게 또 꾀병하려는 게로구나!"

"이거 봐요, 이렇게 열이 있잖아요?"

막내까치는 머리가 아프고 정말 열이 있는 것 같았습니다.

엄마토끼는 곧 막내까치의 머리를 짚어 봅니다.

"아이, 차! 내 손보다도 네 머리가 더 차구나. 열은 무슨 열?"

막내까치는 정말 야단이 났습니다.

"어서 일어나 물 길어 오너라! 떡 반죽을 해야겠다."

막내까치는 눈앞이 아찔했습니다. 우물이 어딘지, 어디다 물을 길어 오는지 어떻게 물을 긷는지 통 알지 못했기 때문입니다. 그렇다고 못 가겠다든가, 물을 길을 줄 모른다고는 더욱 할 수 없는 일입니다.

"언니, 나와 함께 가요!"

막내까치는 옥이 언니에게 이렇게 말했습니다.

"잔소리 말고 냉큼 갔다 오지 못할까?"

엄마토끼의 성난 목소리에 막내까치는 허둥지둥 부엌으로 내려갔으나, 어떤 게 물을 긷는 물통인지, 우물이 어디 있는지 알 수가 없었습니다.

"어머니, 어디다 물을 길어 오지요?"

"이게, 눈이 뒤집혔나? 네 앞에 있는 건 물통이 아니고 뭐냐?"

막내까치는 자기 앞에 놓여 있는 물통을 얼른 집어 들고 문밖으로 내달렸습니다. 우물이 어딘지 모르지만, 또다시 그런 질문을 할 수는 없었습니다.

막내까치가 물통을 들고 힘없이 길가에 나오노라니, 이웃집 아기토끼들이 똑같은 물통을 들고 지나가는 것이 아닙니까.

'옳다. 됐다! 저 아기토끼들을 따라가면 우물 있는 데를 알 수 있겠지.'

이렇게 생각한 막내까치는 천천히 그들의 뒤를 따라갔습니다.

조금 가노라니까 아기토끼들은 물통을 내려놓았습니다. 정말 거기엔 조그만 박우물이 있었습니다.

아기토끼들은 물을 물통에 퍼 담으며 즐겁게 노래를 불렀습니다.

막내까치는 조금 사이를 두고 저쪽 나무 밑에 가 우두커니 서 있었습니다.

아기토끼들이 벌써 보았습니다.

"쟤 왜 저렇게 혼자 우두커니 서 있을까? 기분 나쁜 일이라도 생긴 모양이지?"

그러자 다른 토끼들도 모두 이 막내까치 있는 데를 바라봤습니다.

달아나 버리자!

"애들아, 쟤 눈 좀 봐! 눈이 왜 저렇게 까말까? 토끼 눈 같지 않아!"
"참말, 눈이 까맣구나!"

이 말을 들은 막내까치는 어떠했겠습니까? 가슴이 철렁 내려앉았습니다. 만일 자기가 본시 토끼가 아니라는 것을 토끼들이 안다면 어찌 될 것인지 생각하니 앞이 캄캄했습니다.

그러나 막내까치는 마음을 든든히 먹었습니다.
"그런데 쟤, 뉘 집 애지?"
"글쎄 잘 모르겠는데……."

그러자 아기토끼 한 마리가 막내까치 있는 데로 다가왔습니다.
"너 어디 사는 애지? 이름은 뭐지?"
"그건 알아서 뭘 해?"

막내까치는 이렇게 쌀쌀하게 대답했습니다. 오래 이야기를 주고받다가는 자기가 까치라는 게 드러날 것 같아서요.

"흥, 그 꼴에 아주 건방진데……."

요행, 아기토끼는 그 이상 더 묻지 않고 다른 동무 있는 데로 가 버렸습니다. 아기토끼들이 가 버린 뒤에야 막내까치는 물통에 물을 담아 가지고 집으로 돌아왔습니다.

물통이 얼마나 무겁던지, 물통에 물을 가득 담지도 않았는데 들고 올 수가 없었습니다. 뚱기적거리며 막내까치는 물통을 들고 겨우 집 앞까지 왔습니다. 물통엔 물이 반밖에 들어 있지 않았습니다.

부엌문을 열다 옥이 엄마는 큰 소리로 또 야단을 쳤습니다.

"물을 길러 나간 게 언젠데 이제야 돌아오니? 물 길러 가서도 놀고 오니?"

막내까치는 아무 대답도 못하고 멍하니 섰습니다.

그보다 걱정되는 것은 엄마나 아빠나 언니들이 자기를 자세히 쳐다보면 어쩌나 하는 것이었습니다.

'눈동자가 검은 것을 보면 곧 내가 까치라는 것을 알 거야.'

막내까치가 길어 온 물통의 물을 보고 엄마토끼는 야단이었습니다.

"아니, 우물에 물이 말랐느냐? 겨우 요걸 길어 오다니……."

하며 옥이 엄마는 막내까치의 얼굴을 쏘아보았습니다.

막내까치는 엄마토끼와 눈을 마주치지 않으려고 고개를 푹 숙이고 있었습니다.

"왜 그렇게 우두커니 서 있지?"

그러나 막내까치는 그 다음 무슨 일을 해야 할는지를 몰랐습니다.

그때 언니토끼가 이렇게 물었습니다.

"옥아! 너 요사이 왜 그렇게 변했지?"

이것은 마음씨가 변했다는 뜻이지만 막내까치에겐 무척이나 겁이 나는 말이었습니다.

"얘, 옥아!"

언니토끼가 다시 불렀으나 막내까치는 언니토끼를 바라볼 용기가 나지 않았습니다.

"얘, 그렇게 서 있지 말고 가서 물을 한 통 더 길어 와야 할 게 아냐?"

언니토끼의 말이 고맙기까지 했습니다. 막내까치는 빈 물통을 들고 곧 부엌문을 나와 버렸습니다. 후유우, 긴 한숨을 쉬었습니다.

막내까치는 결심했습니다. 옥이네 집을 아주 뛰쳐나오는 일입니다.

'그렇다! 달아나 버리자!'

집에 있다 들키는 것보다 여기저기 돌아다니는 것이 오히려 나을 것이라고 생각했습니다. 막내까치는 들고 나온 물통을 수풀 속에 숨겨 놓고는, 빈손으로 걷기 시작했습니다.

처음에 박우물이 있는 쪽으로 갔으나 물을 긷지 않을 바에야 그쪽으로 갈 필요가 없다고 생각했습니다. 잘못 걸렸다가는 또 까만 눈 이야기가 나올는지도 모릅니다.

막내까치는 다른 토끼들이 다니지 않는 오솔길을 걷기 시작했습니다. 그러나 어디가 어딘지 알 길이 없습니다.

막내까치는 마음이 좀 놓이니까 갑자기 배가 고파졌습니다. 막내까치는 사방을 휘이휘 둘러보았습니다. 그랬더니 바로 저쪽 언덕에 이름 모를 과실이 주렁주렁 달려 있었습니다. 막내까치는 그리로 달려갔습니다.

'저걸 먹으면 내 모습이 또 딴 짐승으로 변하지나 않을까?'

막내까치는 갑자기 이런 생각이 났습니다. 그러나 배가 고파 견딜 수가 없었습니다. 어떻든 먹고 봐야겠다고 생각했습니다.

'토끼란 얼마나 불편한 짐승이냐! 우리 까치들이라면 단번에 날아서 나무 위에 앉을 수 있을 텐데……. 어떻게 저 열매를 따지? 아무리 깡충깡충 뛰어올라도 어림도 없을 거야!'

막내까치는 과일나무 아래에 가 서서 서성거리고 있는데 어디서 갑자기 커다란 소리가 들려왔습니다.

"거 누구냐?"

과일을 따야겠다는 생각에 과일나무만 쳐다보고 있던 까치는 그제야 나시 제정신으로 돌아왔습니다.

막내까치는 소리 나는 곳을 바라보았습니다. 바로 곁이었습니다.

"어머나!"

막내까치는 그만 저도 모르게 소리를 질렀습니다.

토끼라고는 할 수 없을 만큼 험상궂게 생긴 토끼 한 마리가 창을 들고 서 있지 않겠습니까!

"웬 놈이지?"

그 무서운 손은 막내까치의 한쪽 귀를 꽉 붙잡았습니다.

이 세상에 내려온 첫날

자, 그동안 우리는 토끼가 된 까치 이야기만 했으니까, 이제 까치가 된 토끼 이야기도 좀 해야겠습니다.

까치가 되어 훨훨 날아 내려온 토끼는 어떻게 되었을 것 같습니까?

자기가 생각하던 대로, 사람들이 사는 세상은 즐겁고 또 재미있는 곳이었을까요? 아닙니다. 이 세상 사정은 조금도 모르니까 마음이 갈팡질팡, 어쨌으면 좋을지 도무지 몰랐습니다.

세상에 내려온 옥이 토끼는 하도 피곤해서 어느 숲 속 나무 위에 앉아 꾸벅꾸벅 졸고 있었습니다. 아직 나무 위에서 자는 게 익숙지 않아 옥이 토끼는 자꾸 나무에서 떨어질 것만 같았습니다.

'차라리 풀밭에 내려앉아 마음 놓고 자 보자.'

옥이 토끼는 풀밭에 내려앉아 꾸벅꾸벅 또 졸기 시작했습니다.

바로 그때, 어디서 훨훨 날개 치는 소리가 들려왔습니다.

옥이 토끼는 번쩍 눈을 떴습니다. 저와 모습이 같은 까치들이 있었습니다.

"저놈이 왜 이런 데 와 앉아 졸고 있을까? 병에 걸렸나?"

그러자 다른 까치들이 우르르 몰려왔습니다.

"넌 어디 사는 애지?"

"응? 왜 이놈의 눈이 이렇게 빨갈까?"

"참, 아마 앵두만 먹어서 그런 모양이지?"

"앵두만 먹는다고 눈이 빨개질까?"

"난 딸기나 토마토를 아무리 먹어도 눈이 빨개지지 않던데……."

"알았어! 꾸중을 듣고, 너무 울어서 눈이 이렇게 빨개졌나 봐!"

"그래, 맞았어! 피눈물이 났나 봐! 깍깍깍!"

아기까치들은 웃으며 날아가 버렸습니다. 바로 거기 '짹짹짹' 하는 조그만 새 몇 마리가 날아와 나무 위에 앉았습니다.

"까치야, 너 무얼 잃어버렸니? 풀밭에서 무얼 하니?"

옥이 토끼가 참새들을 바라보자 참새들도,

"아시, 저 눈 좀 봐! 왜 저리 빨갈까! 꼬옥 토끼 눈알 같구나!"

그 소리에 옥이 토끼는 가슴이 철렁했습니다.

참새 한 마리가 옥이 토끼를 보고 노래를 불렀습니다.

까치야, 까치야, 토끼 까치야!
네 눈은 어째서 빠알갛느냐?
무얼 먹고 두 눈이 빨개졌느냐?
까치야, 까치야, 토끼 까치야!

그러자 다른 참새들이 모두 '재재재' 하고 웃어 댔습니다.

바로 그때였습니다. 숲 속으로 살금살금 걸어오는 이상한 물건이 있었습니다.

'어머나, 두 발을 쳐들고, 두 발로 걸어 다니는 짐승도 있네!'

처음 사람을 본 옥이 토끼는 이렇게 생각했습니다.

아이들의 손에 고무줄 총이 쥐어져 있었습니다. 아이들은 고무줄 총을 참새들에게 겨누었습니다. 약삭빠른 참새들은 포르르 날아가 버렸습니다.

"도망쳐 버렸구나!"

"저기 까치가 있다. 까치를 잡자!"

아이 하나가 고무줄을 잡아 늘였습니다. 그것도 모르고 옥이 토끼는, 그 이상한 줄을 바라보고 있습니다.

'늘었다 줄었다 하는 줄이 다 있네!'

그 아이는 고무줄을 잡아당겼다 놓으려 했습니다.

바로 그때, 다른 아이 하나가 손을 내저으며 급한 소리를 질렀습니다.

"쏘지 마! 까치는 우리에게 기쁜 소식을 전해 주는 새야! 까치를 쏘면 죄를 짓는 거야!"

그 소리에 고무줄을 잡아당겼던 아이는 슬며시 고무줄을 놓았습니다.

"저 봐! 우리가 와도 까치는 무서워하지 않지? 까치는 사람 편이란 말이야!"

그제야 옥이 토끼는 '저게 사람이란 게로구나!' 하는 것을 알 수 있었습니다. 아이들은 그곳을 떠나가 버렸습니다.

그러자 어디에서 딸랑딸랑 이상한 소리가 들려왔습니다.

"이건 또 무슨 소리지?"

숨을 죽여 가며 옥이 토끼는 소리 나는 쪽을 바라보았습니다. 아까보다 훨씬 큰 사람이었습니다.

'그러니까 아까 사람은 아이들인 게지? 그런데 저 사람 손등에 앉혀 가지고 오는 게 뭐지?'

웬 사람이 매를 손에 받쳐 들고 왔습니다. 꿩 사냥을 온 것입니다.

'아이, 주둥이 좀 봐! 저 눈 좀 봐! 아이 무서워!'

옥이 토끼는 소름이 좍 끼쳤습니다. 바로 그때, 저쪽에서 요란한 소리가 들려왔습니다.

"꿩 나간다. 매를 놓아주어라!"

옥이 토끼는 무슨 말인지 듣고도 알 수가 없었습니다.

그러자 그 사람은 손등에 받들고 있던 매를 놓아주었습니다.

매는 방울 소리를 딸랑거리며 쏜살같이 꿩 있는 데로 날아갔습니다.

"잡았다!"

사람들은 숲 속으로 달려들어 갔습니다.

'같은 짐승들끼리 잡아먹기도 하는 모양이지? 그런데 그 무섭게 생긴 새는 어떻게 저렇게 사람과 친할까?'

옥이 토끼는 아무리 생각해 봐도 알 수 없는 일입니다.

숲 속은 다시 조용했습니다. 달 같은 것이 산으로 기울고 있습니다.

'옳아! 저게 태양이로구나! 하늘에서 볼 때보다 무척 작게 보이네.'

태양이 숨어 버리자 곧 숲 속엔 어둠이 왔습니다. 여기서 저기서 이상한 새 우는 소리가 들렸습니다. 웬일인지 모두 슬픈 소리로 우는 것 같았습니다.

무서운 짐승을 만나

동쪽 하늘이 빨갛게 물들었습니다. 아침이 온 것입니다.

밤새도록 옥이 토끼는 제대로 잠을 자지 못했습니다. 깜박 잠이 들면 곧 무서운 꿈을 꾸었습니다.

하룻밤 동안에 옥이 토끼는 사람이 사는 세상이 무섭고 싫어졌습니다.

'뭐니 뭐니 해도 우리 달나라가 제일이야! 그렇지만 나는 지금 토끼가 아니니까 달나라로 갈 수도 없지 않나?'

바로 그때, 그리로 살쾡이 한 마리가 어슬렁어슬렁 지나가고 있었습니다. 살쾡이는 꾸벅꾸벅 졸고 있는 까치를 보았습니다.

'야아, 이게 웬 떡이냐? 어젯밤엔 꿈자리가 좋았나 보구나! 이런 맛있는 먹이가 바로 눈앞에 놓여 있는 것을 보니, 참 재수 좋다!'

살쾡이는 조용히 덤벼들어 옥이 토끼를 물려고 하였습니다.

그러나 옥이 토끼는 그런 걸 알 까닭이 없습니다. 그저 꾸벅꾸벅 졸고 있습니다. 어젯밤에 제대로 자지 못했으니까요.

살쾡이는 까치를 물려고 입을 크게 벌렸으나, 덥석 까치를 물지 못했습니다. 이제 까치를 한입에 물어 먹을 것을 생각하니 너무 좋아 저절로 웃음이 나왔습니다.

"히이잉!"

살쾡이는 바보같이 웃었습니다. 그리고 까치 있는 데로 다가갔습니다. 이제 덥석 물면 그만입니다. 옥이 토끼는 그만 잠깐 동안에 살쾡이의 밥이 되는 것입니다.

바로 그때였습니다. 갑자기 '탕' 하는 소리가 났습니다. 옥이 토끼로서는 세상에 나서 처음 듣는 요란한 소리였습니다.

옥이 토끼는 깜짝 놀라서 잠이 깨었습니다. 바로 자기 앞에 몸에서 피가 줄줄 흐르는 무섭게 생긴 짐승 한 마리가 쓰러져 죽어 있었습니다.

'아니 이게 웬일일까? 지금 '탕' 한 소리는 무슨 소릴까? 그리고 이 짐승은 왜 피를 흘리고 넘어져 있을까?'

총을 본 적이 없는 옥이 토끼는 이런 생각을 하며 그 자리에서 옮겨 앉았습니다.

그러자 긴 나무때기 같은 것을 둘러멘 사람이 헐레벌떡 달려왔습니다. 옥이 토끼는 겁이 나서 얼른 나무 위에 날아가 앉았습니다. 옥이 토끼는 포수가 어떻게 하는가를 자세히 바라보고 있었습니다.

포수는 까치를 바라보더니 웃으며 이렇게 말했습니다.

"까치야, 고맙다. 오늘은 네 덕분에 이 살쾡이를 쏠 수 있었단 말이야."

포수는 다시 살쾡이를 바라보며 말했습니다.

"이놈, 이젠 아주 죽어 버렸군! 어리석은 녀석! 날개를 가진 날짐승을 무슨 재주로 잡아먹겠다고 덤벼드는 거야? 내가 열심히 총을 겨누고 있는 것도 모르고……. 정신을 딴 데 파니 총에 맞아 죽을 수밖에……. 어떻든 오늘은 이른 아침부터 재수가 있단 말이야!"

포수는 다시 옥이 토끼를 쳐다보더니, 이렇게 웃으며 말하는 것이었습니다.

"오늘은 네 덕분에 살쾡이를 잡기는 하였지만 너도 어지간히 정신을 차리지 않았다가는 길짐승들의 밥이 되는지도 모른단 말이야. 졸리면 나무 위에 앉아 자야지."

포수는 좋아라, 살쾡이를 둘러메고 어디론가 사라져 버렸습니다.

'자, 이제 어디로 가지?'

나무 위에 앉은 채 옥이 토끼는 생각해 봅니다. 갈 곳도 없습니다. 가고 싶은 곳도 없습니다. 그저 꾸벅꾸벅 하루 종일 졸고 있는 게 나을 것 같았습니다.

한낮이 되었습니다. 어디서 또 사람들이 떠드는 소리가 났습니다.

"휘이, 휘이!"

소리를 연신 지르며 사람들이 이쪽으로 오고 있습니다.

옥이 토끼는 이상한 짐승을 보았습니다. 토끼보다는 훨씬 큰 짐승이 머리에 마른 나뭇가지를 달고 다녔습니다. 사람들이 그 짐승을 몰고 오는 모양입니다.

"사슴이 보인다! 사냥개를 놓아주어라!"

그러자 '멍, 멍, 멍!' 무서운 소리로 짖으며 사냥개 몇 마리가 사슴을 따라가고 있습니다. 얼마 뒤에 '탕!' 하는 소리가 났습니다. 그제야 옥이 토끼는 그게 짐승을 잡는 소리인 줄 알았습니다.

뒤이어, 또 '탕! 탕!' 소리가 났습니다.

'또 가엾은 짐승이 사람에게 맞아 죽나 보구나!'

그러나 웬일인지 사람들은,

"저쪽 골짜기다. 저쪽으로 가자!"

하고 떠들었습니다.

'못 잡은 모양이로구나! 무슨 짐승인지 모르지만 상당히 날쌘 모양이다.'

옥이 토끼는 약간 안심이 되었습니다. 모든 게 남의 일 같지 않았습니다. 숲 속은 다시 조용해졌습니다.

그러자 옥이 토끼는 갑자기 배가 고팠습니다.

그도 그럴 것이, 막내까치와 이상한 나무 열매를 따 먹은 뒤로는 아직 아무것도 먹지를 못했습니다.

아무 나무 열매라도 먹어야겠다고 생각한 옥이 토끼는 숲 속을 이리

저리 날아다니기 시작했습니다. 그러나 먹음직한 나무 열매란 눈에 띄지 않았습니다.

다시 토끼가 되기는 하였지만

"얘, 너 어디로 혼자 그렇게 빨리 날아가니?"

뒤에서 누가 옥이를 불렀습니다. 옥이는 뒤를 돌아보았습니다. 까치 한 마리가 자기를 부르며 따라오고 있는 것이 아닙니까.

"난 또 밤나무골 사는 귀동이라구! 넌 어디 살지?"

그러나 옥이는 그 대답은 하려 하지 않고, 이렇게 물었습니다.

"얘, 난 배가 고파 죽겠다. 뭐 먹을 게 없을까?"

"뭐가 먹고 싶지?"

까치는 이렇게 되물었습니다.

"아무거나 말이야!"

"돌배? 아직 시금털털한 감?"

그러나 옥이는 하나도 모르는 과일 이름이었습니다.

낯모르는 까치는 옥이의 얼굴을 다시 한 번 쳐다보고 깜짝 놀랍니다.

"얘, 너 눈병 걸렸구나? 토끼들과 같이 놀았니? 아이 징그러워!"

그 까치는 눈병이 옮을까 무서웠던지 그만 날아가 버렸습니다.

'옳다. 내 몸은 까치로 변했지만 내 마음은 그냥 그대로 토끼다. 과일보다 풀이 더 맛있을지 모른다. 토끼풀을 찾아보자.'

옥이는 또 낮게 날았습니다. 이 골짜기 저 골짜기 날아가고 있는데, 저쪽에서 산토끼들이 풀을 먹고 있었습니다.

토끼를 보니 옥이는 그만 눈물이 핑 돌았습니다.

'나도 정말은 저런 토끼다. 지금은 까치 모양으로 겉모양이 변했지만……'

옥이 토끼는 산토끼들이 풀을 뜯어먹고 있는 데로 가까이 갔습니다.

"얘들아! 너희들 그 풀 맛있니?"

하고 정답게 물었으나 토끼들은,

"어디 저런 게 있어? 까치가 뭐 토끼들이 풀을 먹고 있는 데 와서 참견이야?"

산토끼들은 옥이를 상대도 해 주지 않았습니다.

옥이는 분했습니다. 너무 억울하였습니다. 이 토끼들이 왜 자기를 몰라주나 했습니다.

옥이는 토끼들이 있는 데 다가가서 이번엔 제 눈을 자세히 보라는 듯이 얼굴을 산토끼 쪽으로 향했습니다.

"어머나, 저 까치의 눈 좀 봐! 우리 토끼들 눈과 똑같구나! 우리 일가친척이라도 되는 까치인가 보다."

그제야 토끼들은 옥이에게 친절히 해 주었습니다.

"이리 와! 넌 까치니까 우리처럼 토끼풀을 먹지는 않지?"

"나도 좀 먹어 볼까?"

"그래, 어디 먹어 봐! 감이나 배나 사과만큼 맛이 있나……."

옥이는 참 잘되었다고 생각했습니다. 주둥이로 토끼풀을 쪼아 먹었습니다. 닭이 배춧잎 같은 것을 쪼아 먹듯 말입니다.

"참, 맛이 있다!"

옥이는 이렇게 말했습니다.

"맛있고말고, 우리 토끼들이 제일 좋아하는 풀이니까. 이 풀 이름이 클로버지만 우리들이 잘 먹는다고 사람들은 이 풀 이름을 토끼풀이라고 그런단다. 어디 조금만 더 먹어 봐!"

"먹을수록 맛이 나는데……."

배고픈 김에 옥이는 토끼풀을 막 뜯어 먹었습니다. 그랬더니 갑자기 생각지도 않았던 이상한 일이 생겼습니다.

까치 모양이었던 옥이는 점점 몸이 이상해졌습니다. 온몸이 비비 꼬이는 것도 같고, 머리와 앞가슴이 간지러워지는 것도 같았습니다.

그러더니 옥이는 그만 '깍깍깍' 하고 큰 소리를 지르고 쓰러져 버렸습니다.

"아니, 이 까치가 토끼풀을 먹더니 그만 배탈이 난 모양이다!"

산토끼들은 약간 미안한 생각이 들었습니다. 그러더니 까치는 몇 번 곤두박질을 하며 높이 뛰어올랐다 다시 땅에 탁 하고 떨어졌습니다.

"아마 이제는 죽나 보다."

그러나 까치는 금방 하아얀 옥토끼로 변했습니다.

"귀신이다!"

"살려 줘요!"

"엄마!"

산토끼들은 무서워 모두 도망을 쳐 버렸습니다.

옥이는 제대로 된 자기 몸뚱이를 조용히 쓸어 보고 만져 보고 했습니다.

분명히 발도 넷입니다. 옥이는 두 귀를 쫑긋거리며 깡충깡충 뛰어도 보았습니다.

'차라리 잘되었다. 가짜 까치 노릇을 하는 것보다 진짜 토끼가 되어 사는 것이…….'

그러나 그 생각도 잠깐, 옥이 토끼는 슬퍼지지 않을 수가 없었습니다.

그것은 토끼로서는 다시 달나라로 돌아갈 수 없기 때문입니다. 그러니까 이젠 달나라엔 다시 영영 갈 수 없게 되었고, 그리운 부모 형제를 만날 수도 없는 일입니다.

옥이 토끼는 그만 엉엉 울어 버리고 말았습니다.

"아! 그리운 달나라! 아, 그리운 어머니!"

이제야 옥이 토끼는 그리운 집과 사랑하는 엄마 품을 생각하게 된 것입니다.

'이제 나는 어디로 가야 하지?'

옥이 토끼는 멍하니 앉아 생각에 잠겼습니다.

미루나무집은 찾았으나

어느덧 한 달이 흘러 버렸습니다. 제법 선선한 바람이 불어 왔습니다.

그동안 옥이 토끼는 여러 차례 죽을 고비를 넘겼습니다. 무서운 짐승의 밥이 될 뻔도 했고, 아이들에게 붙잡힐 뻔도 했습니다.

그러나 옥이 토끼는 미루나무집을 찾아 이곳저곳을 헤매었습니다.

혹시나 토끼가 된 막내까치도 나처럼 딴 과일을 먹고 다시 까치가 되어 세상에 내려오시나 않았을까 하는 생각이 들었기 때문입니다.

어느 날, 옥이 토끼는 까치 한 마리를 만나 미루나무집 까치를 아는가 물었습니다. 그러나 그 까치는 전혀 모른다고 했습니다.

또 그 이튿날, 다른 까치를 만나 물어보았으나 그 까치도 역시 모른다고 했습니다. 옥이 토끼는 또 깡충깡충 딴 마을을 향해 달려갔습니다.

그런데 어느 날, 또 다른 까치 한 마리를 만나 물었더니 아마 저 동쪽 산 밑 마을이 아닌지 모르겠다고 했습니다.

옥이 토끼는 깡충깡충 달려 그리로 갔습니다. 참말 그곳엔 하늘을 찌를 듯한 미루나무가 서 있었습니다.

"얘, 까치야! 너 여기 미루나무집이 어딘지 모르니?"

"알아요, 그렇지만 흰 토끼가 왜 미루나무집을 찾을까?"

"글쎄, 얼른 가르쳐 줘! 내 자세한 이야기는 천천히 할게."

"말하자면, 바로 우리 집이 미루나무집이랍니다."

"말하자면이 뭐야? 그런 농담은 하지 말고 진짜로 가르쳐 줘! 그러면 내 달나라 이야기를 들려 줄 테니……."

"달나라 이야기 같은 건 안 들어도 좋지만 왜 미루나무집을 찾는지 그 까닭만 알면 곧 가르쳐 주지."

"내가 미루나무집 막내까치 소식을 알고 있단 말이야. 그래서 그 까치의 부모나 언니들을 만나 소식을 전해 주려고 해서 그러는 거야."

"토끼야, 그게 정말이냐?"

"정말이래도……."

"그럼, 어서 우리 집으로 가자."

"까치야, 너희 집이 미루나무집이면 네 이름은?"

"내 이름은 둘째! 내 동생이 바로 어디로 갔는지 소식을 모른단 말이야. 우리 부모들은 우리 막내가 무서운 짐승의 밥이 되었을 거라고 늘 슬퍼하고 있단다."

미루나무집 까치를 만난 옥이 토끼는 무척 반가웠습니다. 미루나무집 까치도 막내까치의 소식을 알게 된 것이 기뻤습니다.

미루나무집을 향해 걸어가며 옥이 토끼는 둘째에게 막내 이야기를 숨김없이 죄다 하였습니다. 이야기를 하며 오는 동안, 벌써 옥이 토끼는 미루나무집에 왔습니다.

엄마 아빠 까치들도 옥이 이야기를 듣고 무척 반가워했습니다.

"그럼 아직 우리 막내는 죽지 않고 살아 있긴 하군! 살아만 있으면 어떻게 다시 세상에 내려올 수가 있겠지!"

"이제 우리 막내가 돌아온다면, 옥이 토끼도 다시 달나라로 갈 수 있는 방법이 생길 거야. 그러니 너무 걱정하지 말고 있어라. 옥이 토끼는 우리 막내의 둘도 없는 좋은 친구야! 그러니까 우리 식구나 한가지다."

미루나무집 까치들은 이렇게 옥이 토끼를 위로해 주었습니다.

옥이 토끼도 이젠 마음이 놓였습니다. 그러나 달이 하늘에 떠오르는 밤만 되면 옥이 토끼는 계수나무 숲 속 고향이 그리워서 그만 미칠 것만 같았습니다.

달아 달아 밝은 달아

이태백이 놀던 달아

저기 저기 저 달 속에

계수나무 박혔으니…….

동네 아이들이 달밤이면 이런 노래를 불렀습니다.

"저기 저기 저 달 속에 계수나무 박혔으니……." 하는 노래를 들을 때마다 옥이 토끼의 빠알간 눈에선 눈물이 펑펑 쏟아지곤 하였습니다.

'어떻게 하면 그리운 달나라로 돌아갈 수 있을까? 다시 까치가 된다면 갈 수 있겠지. 그러나 까치가 되어 달나라에 돌아간들 무슨 소용이 있을까? 달나라에서는 나를 받아 주지 않을 거야. 우리 엄마 아빠도 내가 옥인 줄 모를 거야. 참말 미루나무집 막내까치는 아직 옥이대로 있을까? 아마 그 까치도 지금쯤은 이 세상 나라가 그리워 울고 있을는지 몰라. 정말 아빠도 엄마도 아닌 우리 부모를 모시고 살려니 얼마나 답답할까? 그리고 이곳과 전혀 사는 법도 다른 달나라니까…….'

까치들은 미루나무 중간에 토끼집을 지어 주고 사다리를 만들어 옥이를 오르내리도록 해 주었습니다. 집 생각을 하다 잠이 들면, 옥이는 언제나 달나라 꿈을 꾸었습니다.

달이 점점 자기 앞으로 다가오고, 계수나무 숲이 보이고, 그 그늘에서 울음 섞인 목소리로 어머니가 "옥아, 옥아!" 부르는 소리가 들려왔습니다. 그럴 때면 옥이는 "엄마, 나 여기 있어요!" 하고 소리를 지르고, 제 소리에 꿈을 깨는 것이었습니다. 꿈을 깨고 나면 달은 벌써 하늘 높이 가 버리는 것이었습니다.

"벌써 음력으로 8월이 절반, 이제 달나라에서 제일 큰 명절인 8월 추석도 다 된 모양이구나. 저렇게 달이 커진 것을 보니……."

까치 이야기를 들은 옥이 토끼는 그만 기절이라도 할 듯이 가슴이 아팠습니다.

그리운 집을 찾아

밤새 잠을 제대로 자지 못한 옥이 토끼는 대낮에 미루나무집에 앉아 꾸벅꾸벅 졸고 있었습니다. 이젠 아무것도 두려울 것이 없습니다.

잠을 자면 금방 꿈이 찾아옵니다. 그것은 꿈 같기도 하고, 옥이 토끼가 생각하는 그대로의 생각 같기도 했습니다.

깜빡 잠에서 깬 옥이는 멍하니 눈을 뜨고 자기 앞을 바라보았습니다.

"아니, 이게 옥이가 아냐? 옥아, 날 몰라? 나야, 나!"

그러나 옥이 토끼는 이게 꿈이라고만 생각했습니다.

"옥아, 나야 나! 이 집 막내까치란 말이야! 벌써 날 잊어버렸어?"

옥이는 정신이 번쩍 들었습니다.

"아니, 막내까치님?"

"꿈인 줄 알았지? 나 지금 달나라에서 오는 길이야!"

"그런데 그 열매는 뭐야?"

"이건 네게 주려는 선물이야!"

"선물? 난 그런 건 소용없어! 다시 달나라에 가고 싶어."

"글쎄, 내 말을 들어 봐! 이게 달나라로 다시 갈 수 있게 해 주는 선물이란 말이야!"

"뭐라구? 달나라에 다시 갈 수 있다구? 그게 정말이야?"

"정말이고말고! 내 이야기를 차근차근 들어 보면 알게 될 거야! 그런데 옥이 토끼는 어떻게 다시 토끼로 되었지?"

옥이 토끼는 그동안 지낸 일을 대강 이야기해 주었습니다.

"그런데 우리 엄마 아빠, 언니들은 다 어디로 갔을까?"

"먹이를 구하러 나갔으니까 곧 돌아오실 거야."

막내까치도 그동안 지낸 일을 대강 이야기했습니다.

배가 너무 고파 나무 열매를 따 먹으려다 붙잡혀 죽을 뻔했던 이야기, 겨우 그곳을 도망쳐 딴 곳에 갔다가 돌배 같은 열매를 따 먹자 곧 다시 까치가 되었다는 이야기를 했습니다.

"자, 이 열매를 먹어 봐! 언젠가 함께 먹던 생각 안 나?"

그제야 옥이 토끼는 이 열매를 따 먹고 옥이는 까치가 되고 막내는 토끼가 되었던 생각이 났습니다.

달나라에 다시 갈 수 있게 된 옥이는 얼마나 기뻤는지 모릅니다. 그렇지만 까치가 되어 달나라에서 살 수야 없지 않은가, 생각하니 또 걱정이 되었습니다.

"내가 까치가 되어 엄마 아빠를 찾아간다면 우리 엄마 아빠가 날 옥이라고 믿어 줄까?"

옥이는 그만 울음 섞인 목소리로 물었습니다.

"바아보! 울긴……. 여기 또 하나의 열매를 내가 구해 가지고 왔다니까……. 걱정할 건 없어! 까치가 되어 달나라까지 날아가서 이 열매를 얼른 먹으란 말이야. 그러면 곧 너는 지금같이 토끼가 된단 말이야!"

그제야 옥이는 막내의 뜻을 알 수 있었습니다.

이런 이야기를 하고 있는데 막내까치의 엄마 아빠가 돌아왔습니다.

"엄마, 나야! 아빠, 날 용서해 줘! 내가 모두 잘못했어……. 다신 다신 안 그럴게……. 잉잉잉……."

그립던 엄마 아빠를 만난 막내까치는 너무 반가운 마음에 엉엉 울어버리고 말았습니다.

"우리 막내야! 우리 귀여운 꼬마야! 울지 마라! 모두 네 엄마 아빠가 잘못했다. 네 생각을 조금도 몰라줬기 때문에 그랬다. 그렇지만 아가야! 왜 엄마 아빠와 의논도 없이 갔었니?"

"괜찮다! 이제는 돌아왔으니……. 그래야 너도 철이 드는 거란다. 고생을 실컷 했으니, 그만큼 너도 자란 거란다."

아빠도 막내까치의 머리를 쓰다듬어 주며 달래었습니다.

"그런데 저 옥이 토끼는 어쩌면 좋으냐?"

막내는 모든 이야기를 엄마 아빠에게 했습니다.

"참, 잘되었구나! 그럼 한시바삐 떠나도록 해라!"

열매를 먹은 옥이 토끼는 정말 한 마리의 까치가 되었습니다.

"막내까치님! 그리고 까치 엄마 아빠, 그리고 언니! 안녕히 계세요. 죽는 날까지 이번 일은 잊지 못하겠어요."

"그래, 어서 가거라! 먼 길 조심해라!"

그들은 서로 눈물을 흘리면서 이별을 했습니다.

옥이 토끼가 하늘 높이 날아오르는 것을 까치들은 미루나무집 문 앞에서 오래오래 바라보고 있었습니다.

"엄마! 내일이 바로 추석날이에요? 달나라에선 그날을 8월 대보름 명절이라고 그래요. 굉장한 명절 잔치가 벌어진대요."

"명절날, 옥이 엄마 아빠도 우리만큼이나 기쁘겠구나! 죽은 줄 알았던 옥이가 다시 돌아왔다고……."

"엄마, 아무리 달나라가 좋아도 우리 미루나무집만 못해요."

"그런 법이란다. 종달새는 하늘이 좋고 금붕어는 연못이 좋단다."

"참말, 제 마을 제 집이 제일이에요."

"우리 막내도 이젠 제법 철이 들었구나! 달나라 한 번 더 갔다 와야겠다. 아주 어른이 되게…… 깍깍깍……."

아빠까지도 유쾌한 웃음을 웃었습니다.

그 뒤, 옥이 토끼의 소식은 아무도 모릅니다. 그러나 아무 일 없이 달나라로 돌아갔을 테지요. 그리고 다시 토끼가 되어 그리운 엄마 아빠를 만났을 테지요. 아니 지금쯤은 엄마 아빠 곁에서 이 세상에 내려와 고생하던 이야기를 또 되풀이하고 있을지도 모릅니다.

시집 속의 소녀

나는 깜짝 놀라 잠이 깨었다.

"드르륵!"

하는 책장 문 여는 소리에 놀라 깼는지도 모른다.

벽장으로 쓰던 곳에 선반을 매어 책장을 만들었다. 그리고 커다란 유리문을 해 달아 놓았기 때문에 책을 꺼낼 때면 그 커다란 유리문을 밀어야 한다. 유리문 소리는 유난히 요란했다.

분명히 전등을 끄고 잤는데 정말 이상한 일이다.

책장 앞이 환하다. 그렇기 때문에 나는 잠이 깨자 책장 문이 열렸다는 것을 알 수 있었다.

나는 누운 채 열려진 책장 문을 멍하니 바라보고 있었다.

"앗!"

참말 이상한 일이다. 나란히 꽂힌 책들이 흔들흔들 흔들리기 시작하더니 그 책들이 와르르 쏟아지는 것이 아닌가. 선반이 부서진 것도 아니다.

그러자 그 속에서 불쑥 사람이 나타났다.

'누가 거기 숨어 있었을까?'

아니다. 책장 문이 열린 것처럼 이상한 일이다.

그것은 예쁜 옷을 입은 소녀였다.

소녀는 사뿐 책장 속에서 방으로 내려앉는다. 그러자 책장 문은 저절로 드르륵 하고 다시 닫혀 버렸다. 흐트러졌던 책들도 다시 처음과 같이 가지런한 채로이다.

소녀는 빙그레 웃으며 내 앞으로 다가서려 했다.

나는 벌떡 자리에서 일어났다.

소녀는 몹시 놀란 모양 한 걸음 뒤로 물러선다. 그러자 나와 소녀 사이를 무엇이 가로막아 소녀의 모습이 어슴푸레 보였다.

코스모스 꽃밭이었다. 함박눈이 내리듯 꽃잎이 흩어지고 있었다.

나는 언제 이런 꽃밭에 와 있었는가 생각했다. 분명 방 안이다. 꽃밭은 간곳없다. 코스모스 꽃이 가려서 잘 보이지 않던 소녀는 꽃이 없어졌으면 잘 보여야 할 텐데 꽃과 함께 사라져 버린 모양이다.

그러자 방 안은 어두워지기 시작했다. 캄캄한 밤중이었다.

나는 전등 스위치를 더듬어 불을 켰다. 방 안은 그냥 그대로였다. 내가 잠들기 전 그대로 하나도 달라진 게 없다.

'그럼 내가 꿈을 꾼 것일까? 그렇지 않으면 허깨비를 본 것일까?'

나는 다시 불을 끄고 자리에 누웠다. 이런 생각 저런 생각을 하다가 모르는 동안에 그냥 잠이 들어 버렸다.

다시 잠이 깬 것은 아침 해가 창문에 쫙 비친 뒤였다. 자리에서 일어난 나는 책장 앞으로 조용히 갔다.

나는 조심스럽게 책장 문을 열었다.

"드르럭!"

그래도 책장 문은 요란한 소리를 내었다.

바로 책들이 와르르 쏟아지던 곳을 나는 자세히 바라봤다. 책들은 그런 일이 언제 있었냐는 듯이 나란히 서 있었다.

"응?"

그러나 나는 깜짝 놀랐다. 고개를 갸웃거리며 뚫어져라 그 책을 바라보았다. 다들 얌전히 서 있는 가운데 책 한 권이 거꾸로 서 있는 것이 아닌가.

'언제 누가 와서 장난을 했군! 내가 없는 틈에 와서 책을 보다가 아무렇게나 거꾸로 꽂아 놓고 갔군!'

그러나 나는 문득 또 이런 생각을 해 봤다.

'어젯밤에 책이 무너졌다 다시 가지런히 되었을 때 잘못 꽂힌 것이 아닐까?'

나는 거꾸로 꽂힌 그 책을 뽑아 들었다. 그것은 어느 유명한 시인의 시집이었다. 나는 별 생각 없이 그 시집의 페이지를 넘겼다.

'응? 이게 뭘까?'

분명 그것은 꽃잎이었다. 책갈피 속에 내가 끼워 두었던 하아얀 코스모스 꽃잎이었다.

'그렇지! 어젯밤 일이 맞구나! 내가 어젯밤에 본 그 소녀가 바로 이 꽃잎 임자가 아닌가? 참말 이상한 일도 있다. 내가 어제 어느 학교 앞을 지나다가 본 코스모스 꽃 때문에 이런 일이 생긴 것일까? 참말 십 년 가까이 잊어버렸던 추억이 되살아나는구나!'

낚시질을 가자는 둥 야구 구경을 가자는 둥 친구들이 꾀었지만 오늘만은 나 혼자 소풍을 떠나기로 했다. 일요일 아침이라고 어느 때보다 집안 사람들은 게으름을 부리나 웬일인지 나는 마음이 바빴다.

일찌감치 집을 나와 나는 버스를 탔다. 십 년 전에 다녀온 그곳을 쉽게 찾을 자신이 없다. 버스에서 내려 걸어 들어가는 것이 문제다. 그러나 물어 가면 되겠지 하고 나섰다.

버스에서 내렸으나, 어디가 어딘지 통 알 수가 없었다. 길은 몰라도 그 산 밑 집만은 지금 보아도 곧 알 것만 같았다. 무작정 나는 동쪽을 향해 자꾸 걸어갔다. 그러나 가도 가도 언덕만 나올 뿐 산그늘이 나타나질 않았다.

나는 되돌아서 제자리에 왔다. 이번엔 남쪽을 향해 걸어 보았다. 그러나 마찬가지다. 한 번도 와 본 것 같지 않은 곳이다.

사람을 만나도 물을 방법이 없다. 마을 이름도, 또한 그 부근의 이름난 곳도 전혀 모르니까 말이다.

낮이 훨씬 지났지만 나는 그저 이리저리 거닐기만 했다.

'단념해 버리는 게 낫겠다.'

이렇게 생각하고 나는 나지막한 산그늘에 와 앉았다. 다리가 아팠다. 나는 소나무 그늘에 비스듬히 누웠다.

'그 뜰을 찾아가지 못한 게 다행한 일일는지 모른다. 아무리 지금이 코스모스 피는 계절이라 하여도 그 뜰에 십 년 전같이 코스모스가 피었을는지도 모르고 또 피었다 해도 옛날의 그 소녀가 있을는지는 더욱 모를 일이 아닌가.'

이런 생각을 하고 있는데 웬 할아버지 한 분이 이리로 오고 있었다.

'옳다. 저 할아버지와 이야기라도 해 볼까?'

"할아버지! 어디로 가십니까?"

"저 뒷마을에요."

"저쪽에도 마을이 있습니까?"

"있지요. 저 고개를 넘어가면 조그만 마을이 나오지요."

"자, 여기 앉아 좀 쉬어 가시지요."

나는 할아버지께 사과 한 개를 내밀었다.

"자, 하나 깎아 보셔요."

"이빨이 시원찮아서……."

그러면서 할아버지는 손칼을 받아들더니 사과 껍질을 벗기기 시작했다.

"저어……, 할아버지, 이 마을에 사신 지 오래셔요?"

"한 오십 년 되지요."

"그럼 어려서부터 사셨군요?"

"그렇지요."

"저어……, 여기서 가까운 곳에 꽃을 많이 심던 집이 있었지요. 한 십 년 전부터 말이지요."

그러나 할아버지는 내가 하는 말의 뜻을 잘 알아듣지를 못하신다.

"꽃이야 지금 많이들 심지요."

"아니에요. 요즈음 한창 피는 코스모스 말이에요. 산 밑 외딴 집인데요, 아주 코스모스로 뜰을 덮어 버린 집이 있었지요?"

"글쎄, 그런 집이 십 년 전에 있었나? 잘 생각이 안 나는데요……."

사과 껍질을 벗겨 이 없는 할아버지가 사과를 다 잡수실 때까지 이런 이야기 저런 이야기를 했으나, 내가 알고 싶은 그 꽃집을 알 수는 없었다.

할아버지가 고개를 넘어가신 뒤 나는 그만 집으로 돌아가리라 생각했다. 그러다가 문득 나도 저 고개를 넘어가 보고 싶은 생각이 났다. 나는 급한 일이라도 있는 사람처럼 고개를 넘어 마을을 찾아 들어갔다.

그러나 그뿐이었다. 마을 앞에 낮은 산이 있기는 했으나 내가 생각했던 그런 산은 아니었다.

'저 산에 올라가 보자.'

나는 산에 올라가 마을을 두루 살펴보았다. 그러나 그런 산 밑에 그런 집, 그런 꽃밭은 없었다.

'이러다가는 집에 돌아가기도 전에 날이 저물겠다.'

나는 버스 타는 곳으로 되돌아오는 수밖에 없었다.

버스 타는 마을 앞에 내가 왔을 때 저쪽에서 웬 젊은 내외가 귀여운 아기를 데리고 버스 타는 쪽을 향해 오고 있었다. 아빠는 아기를 안고 엄마는 하아얀 코스모스를 한 아름 안고 있었다.

나는 그 여자의 얼굴에서 옛날 그 소녀의 모습을 찾아보려고 애썼다. 그러나 그 소녀의 모습을 전혀 기억하지 못하니 알 길이 없었다. 지난밤에 본 소녀의 얼굴도 마찬가지로 알 길이 없다.

"이런 곳에도 예쁜 꽃이 많이 피었군요!"

"예!"

했을 뿐, 아기 엄마는 별 말이 없었다. 버스가 있기는 했으나 고장이 나서 고쳐야 떠난다고 했다.

나는 아기아빠에게 말을 걸었다.

"선생님도 코스모스를 좋아하시나요?"

"글쎄요. 꽃을 싫어하는 사람이 어디 있겠어요."

"저도 젊은 시절엔 꽃을 무척 좋아했어요. 남의 뜰에 핀 코스모스를 자꾸 꺾어 달라고 떼를 쓴 일도 있지요."

"그래서 꽃을 얻었나요?"

"글쎄 꽃으로 집과 뜰이 파묻힐 정도로 많이 피었는데도 꽃 몇 가지를 안 준다고 할아버지가 야단이 아니에요."

"그래서 할아버지와 싸웠나요?"

"싸우지는 않았지만 달라느니, 안 된다느니 했지요. 그러다 할 수 없이 나는 그곳을 나와 버렸지요. 좀 싱겁기는 했지만……."

"그 할아버지도 꽤 고집이 세군요."

"알고 보니 그런 게 아니었어요."

"왜요?"

"글쎄 그 꽃 임자는 할아버지가 아니었거든요. 할아버지 마음대로 할 수 없었던 거예요. 내가 그 집 앞을 나와 몇 걸음 걷고 있는데 뒤에서 할아버지가 큰 소리로 날 불러 세우는 것이 아니겠어요?

내가 멈춰 섰으려니까, 웬 어린 소녀가 코스모스 꽃을 한 아름 안고 나와요. 소녀는 약간 얼굴을 붉히며 '이것 가지고 가셔요' 하는 것이 아니에요. 나는 얼마나 놀랐는지 몰라요. 이런 산골 동네, 오막살이집에 그런 예쁜 소녀가 살고 있으려니는 생각지 못했어요. 아마 서울서 휴양이라도 온 소녀인가 봐요. 살갗이 흰, 코스모스 꽃잎같이 희고 몸이 코스모스 꽃같이 호리호리한 소녀였어요. 그러니까 그 꽃밭 임자가 바로 이 소녀였거든요. 그러니까 할아버지가 마음대로 꽃을 내게 꺾어 주지 못했던가 봐요.

꽃을 받아 든 나는 소녀의 고마운 마음씨에 어떻게 했으면 좋을는지 몰라서, 손에 들었던 시집을 소녀에게 주며, '이 시집을 드리고 가겠어요. 지금 내겐 가진 게 없으니까…….' 하고 말했어요."

나는 이런 이야기를 하며 아기 엄마를 바라보았다. 아기엄마는 아무렇지도 않은 이야기라는 듯이 웃고만 있었다. 갑자기 아기엄마가 바보같이 보였다.

그날 밤 집에 돌아온 나는 다시 책장 안에서 그 시집을 꺼내 들었다. 책갈피에서 빛깔이 벌써 변해 버린 코스모스 꽃잎을 꺼내어 코에다 갖다 대어 보았다. 아무 향기도 나질 않았다.

그러나 나는 그 꽃잎을 소중히 그 시집 속에 끼워 두었다.

'모처럼의 일요일 하루를 정말 쓸데없이 보냈구나!'

나는 그만 지쳐서 일찍이 자리에 누워 버렸다.

잡지사에서 전화가 걸려 왔다. 원고 독촉이었다.

'그렇다. 오늘 이 이야기를 쓰자!'

나는 벌떡 일어나 「코스모스와 소녀」라는 단편을 단숨에 썼다.

'참말 좋은 일요일이었다. 값있게 보낸 일요일이었다.'

나는 만족했다.

코스모스 흰 꽃잎 같은 함박눈이 펑펑 쏟아지는 어느 겨울이었다. 크리스마스를 앞두고 눈이 내리는 것은 정말 기쁜 일이다.

눈이 내리는 창가에 멍하니 기대어 서 있는데 우체부가 편지 한 장을 주고 갔다. 편지봉투를 보았으나 모르는 이름이었다.

나는 부랴부랴 편지 봉투를 뜯었다.

"한 번 뵌 적도 없는 선생님께!"

이렇게 편지가 시작되었다.

선생님의 단편「코스모스와 소녀」를 잘 읽었습니다. 죄송한 말씀이지만, 선생님이 그 꽃잎을 끼워 두신 시집 이름이 『무지개』가 아닙니까? 만일 『무지개』가 맞다면, 바쁘시겠지만 엽서라도 한 장 주셔요.

이런 이야기가 씌어 있었다. 참말 이상한 일이다.

소년 소녀들 잡지에 실은 내 단편을 읽은 독자의 편지일 텐데 어떻게 이런 질문이 나왔을까? 그리고 왜 그 시집 이름이 『무지개』냐고 물었을까?

내가 그 코스모스를 끼워 둔 시집 이름은 틀림없이 『무지개』이다.

내 시집 이름이 『무지개』란 말은 곧 그때 내가 코스모스 꽃을 받고 소녀에게 준 시집 이름이 『무지개』란 말과 같다. 왜냐하면, 그 시집을 소녀에게 준 나는 곧 집에 돌아와 또 하나의 똑같은 시집을 사서 그 책갈피

속에 꽃잎을 끼워 두었기 때문이다.

편지 글씨를 보면 여학교 학생 같았다. 그러나 그때 그 소녀가 아무리 빨리 결혼하여 어머니가 되었다 해도 여학교에 다닐 딸을 가질 수는 없을 거라고 생각되었다.

어떻든 나는 회답을 써 보내야겠다고 생각하며 내일 내일 미루고만 있었다.

그러는 사이에 크리스마스이브가 되었다. 전화가 걸려 왔다.

"누구십니까?"

"지난번에 편지를 냈던 선생님의 독자예요. 선생님, 바쁘실 텐데 답장을 달라고 해서 죄송해요. 그래서 전활 걸었어요. 그 말 취소해요. 답장 이젠 안 주셔도 좋아요."

나는 그 소녀가 노한 것이라고 생각했다.

"아니 답장을 써 놓았어! 우표까지 붙여 놓았는데……. 크리스마스 날 받으면 더 좋을 것 같아서 크리스마스 카드에 썼어."

나는 이렇게 꾸며 댔다.

"선생님, 고마워요. 그렇지만……."

소녀는 수화기를 든 채 흑흑 느껴 울고 있는 것이 아닌가. 나는 그만 어쩔 줄을 몰랐다.

"왜 그래? 내가 잘못했어! 용서해. 틀림없이 그 시집 이름은 『무지개』야."

그랬더니 소녀는 전화를 뚝 끊었다. 도대체 무슨 영문인지 알 수 없었다. 나는 수화기를 든 채 멍하니 있다가 조용히 수화기를 놓았다.

조금 뒤에 다시 '따르르릉' 전화벨이 울렸다.

"선생님이셔요?"

그 소녀의 목소리가 틀림없다.

"선생님! 죄송해요. 크리스마스이브에 이런 무례한 짓을 해서……."

침착한 말씨였다.

"선생님 기쁜 성탄을 맞이하셔요. 며칠 후 제가 조용히 선생님을 찾아뵙든지 편지를 올리든지 하겠어요."

"내가 도와줄 일은 없을까?"

나는 이런 말을 했다. 어떻게 그런 말이 나왔는지 나도 모르겠다.

"아니에요, 선생님! 며칠 뒤에 말씀드릴게요."

정말 며칠 뒤에 그 소녀에게서 기다리던 편지가 왔다.

바로 『무지개』 시집 속에 끼여 있는 코스모스 꽃잎의 주인공이 그 소녀의 언니였다는 것이다. 여태껏 건강이 좋지 않아 혼자 살다가 며칠 전에 세상을 떠났다는 사연이었다.

그리다 만 그림

 섣달 그믐날 밤—잠을 자면 눈썹이 센다는 밤입니다. 소리 없이 흰 눈까지 펑펑 쏟아지는 그믐날 밤이고 보면, 아이들에겐 한층 더 즐거운 밤입니다.
 눈썹이 셀까 봐서가 아니라, 자려고 해도 졸음이 올 까닭이 없습니다. 어떤 아이들은 새로 지어 놓은 꼬까옷이나 때때신발 때문에, 또 어떤 아이들은 밤늦게까지 어머니와 누나들이 빚은 만두의 날떡을 떼내어 새도 만들고 토끼도 만들며 밤을 밝히기가 일쑤입니다.

 춘식이도 이 밤늦게까지 책상 앞에 마주 앉아 있습니다.
 그러나 춘식이는 이와는 좀 사정이 다릅니다. 어머니는 초저녁부터 어린 동생을 끼고 누워 계십니다. 그것뿐입니다. 그 밖엔 딴 식구라곤 아무도 없었습니다.

지금 책상 앞에 마주 앉아 있는 춘식이는 무척 쓸쓸한 표정입니다. 책상 위에 그림 한 장을 놓고 앉아 들여다보며 생각에 잠겨 있습니다.

지난 크리스마스 전날 밤이었습니다.

아버지를 잃은 쓸쓸함을 참지 못해 춘식이는 일기장을 꺼내어 긴 일기를 쓰기 시작했습니다. 쓰다가 채 쓰지 못하고 그냥 잠이 들어 버렸습니다. 그것은 일기라기보다 산타클로스 할아버지에게 보내는 편지였습니다.

우리 어머니는 가난해서 내게 크레용이나 그림물감이나 스케치북 같은 것을 마음대로 사 주시지 못한다. 나는 무척 그것들이 가지고 싶다. 얼마든지 많이 있었으면 좋겠다. 그러나 크리스마스가 와도 우리처럼 가난한 집엔 산타클로스 할아버지가 좀처럼 안 들르신다. 산타클로스 할아버지는 정말 내가 이렇게 그림 도구를 가지고 싶어 하는 마음을 알까 모를까? 안다면 내게 크리스마스 선물로 주실 거야……

이렇게 써 내려가다 마지막엔 산타 할아버지에게,
'할아버지! 내게 열두 가지 색깔 그림물감을 한 갑만 선사하셔요.'
이런 말까지 씌어 있었습니다.

그러나 이튿날 아침 크리스마스 날이 되어도 산타클로스 할아버지는 춘식이에게 아무것도 안 주고 갔습니다.

그런데 정월 초하룻날 아침 춘식이는 책상 위에 놓인 조그만 꾸러미를 보았습니다.

"어머니, 이게 뭐유?"

"풀어 봐라. 그게 어머니가 주는 선물이다."

하시고 웃으시는 어머니 얼굴은 무척 쓸쓸해 보였습니다.

무언가 하고 부랴부랴 춘식이는 그것을 끌러 보았습니다. 거기에는 도화지와 크레용과 열두 가지 빛깔 그림물감이 들어 있었습니다.

춘식이는 꿈같이 기뻤습니다.

어머니가 새해 선물로 이런 걸 사 주신 것을 보면, 지난 크리스마스 전날 저녁 자기가 쓴 일기장을 읽으신 게 틀림없다고 생각하였습니다. 어떻든 춘식이는 말할 수 없이 기뻤습니다. 그것은 그림물감이나 크레용을 받았다는 그 한 가지뿐이 아닙니다. 자기에게 그런 것을 사 주신다는 것은 곧 자기더러 그림을 그려도 좋다는, 아니 많이 그리라는 뜻도 되기 때문입니다.

춘식이는 아버지가 살아 계실 때, 춘식이 어머니는 춘식이가 그림을 그리는 것을 보면 늘 꾸중을 하셨습니다.

"그까짓 그림은 그려 무얼 하니? 넌 아버지를 닮아선 못 쓴다. 밤낮 거지꼴을 하고……. 가정도 아이들도 생각할 줄 모르는 그런 그림쟁이가

되어서는 못 쓴단 말이야!"

그러나 춘식이는 웬일인지 아버지처럼 늘 그림이 그리고 싶었습니다. 마당에서 아이들과 놀다가도 슬그머니 뾰족한 돌멩이나 나뭇가지를 가지고 벅벅 땅 위에 그림을 그리는 것이었습니다. 집도 그리고 나무도 그렸습니다.

그러나 그런 것으로 춘식이는 만족할 수 없었습니다. 이번엔 종이에다 연필로 그림을 그리기 시작했습니다. 크레용으로 그리기 시작했습니다.

춘식이의 그림은 어머니 눈엔 들지 않았습니다. 아버지가 날마다 그리는 그림이 그랬지만 춘식이 그림은 한층 더 우습게만 보였습니다.

그러나 아버지는 춘식이의 그림을 볼 때마다 입버릇같이 말씀하셨습니다.

"우리 춘식인 날 닮았어. 아니야, 아버지보다는 확실히 재주가 있어. 여보, 이 그림 좀 보우!"

그러나 어머니는 춘식이의 그림에 아무 흥미도 느껴지지 않았습니다.

"에그! 그까짓 아버질 닮았으면 집안 꼴 잘 되겠군……."

이렇게 대답해 버리시던 어머니가 사 달라는 말도 안 한 아들에게 열두 가지 빛깔 그림물감을 사 주신 것입니다. 그것도 없는 돈에.

춘식이는 그림에 미치다시피 하여 학교 공부보다는 그림을 그리는 시간이 더 많았습니다.

"어머니, 오늘은 산에 갔었어요. 자, 이거 보셔요. 언젠가 아버지가 그리시던 장면 같지 않아요?"

어머니는 아무 말 없이 춘식이의 그림을 들고 보고만 계셨습니다.

"어머니! 이번 봄에 우리들의 미술 전람회가 열린대요. 그런데 먼저 학교에서 좋은 것을 뽑아 보낸대요. 어머니, 이건 틀림없이 뽑히겠죠?"

"그래, 뽑힐 테지……."

그러나 아무리 생각해 봐도 춘식이에겐 이상한 일이 있었습니다. 춘식이의 그림은 전람회에 뽑혀 가지 못했다는 것입니다. 학교에서 뽑히는 것 같은 것은 춘식이에겐 문제가 아니었습니다. 적어도 전국 어린이들 작품 중에 일등을 하느냐, 못 하느냐 하는 희망을 가지고 있었던 것인데, 자기 작품을 왜 학교에서 전람회에 출품하지 않았는지 모를 일입니다.

그것을 안 뒤, 춘식이는 하루 용기를 내어 담임선생님 댁을 찾아갔습니다.

"신생님! 제 그림 아주 시시했어요?"

"왜?"

"못 뽑혔으니까 말이에요."

"못 뽑히다니?"

"전람회에 출품하지 않았다면서요?"

"춘식아, 너 그런 소리 누구한테 들었지?"

"제 생각엔 그게 출품만 되면 틀림없이 입상된다고 믿었어요."

"그래?"

선생님은 빙그레 웃으시기만 했습니다.

"안 가르쳐 주셔도 좋아요, 다 알겠어요."

단념한 듯이 춘식이가 선생님의 방을 나오려고 했을 때 담임선생님은

"춘식아! 이번엔 그런 사정이 있다. 그러니 이번 가을에 열리는 국제 아동 미술 전람회에 우리 둘이서 잘 의논해서 좋은 그림을 그려 보내자, 응? 춘식아! 섭섭히 생각해선 못써……."

"선생님, 제 그림이 아직 어려요?"

문득 춘식이는 이렇게 묻는 것이었습니다. 뜻밖의 질문을 당한 선생님은 무어라고 대답했으면 좋을는지를 몰랐습니다.

"어리다니?"

"시시한가 말이에요."

"왜 시시해! 내 보기엔 전교에서 제일 좋은 것 같은데……."

"그런데 선생님은 아무 말씀도 안 하셨어요?"

"모두들 그게 너무 훌륭해서……, 꼭 너의 아버지 작품 같다고들 하지 않아?"

그제야 춘식이는 학교에서 자기 그림을 전람회에 출품하지 않은 까닭을 알 수 있었습니다. 한편 섭섭했으나 또 한편 춘식이는 무척 기뻤습니다. 자신을 가질 수 있었습니다.

'그러면 그렇지! 내 그림이 어리거나 시시하진 않을걸!'

마침내 담임선생님을 통하여 춘식이의 이름이 전교에 전해지기 시작

했습니다.

춘식이는 이번 전람회에 어떤 작품을 그려 낼까 하는 것을 생각해 봤으나 별로 신통한 게 없었습니다. 그러다 생각해 낸 게 어머니를 그리는 것이었습니다.

"어머니, 난 어머닐 그릴 테야! 사과 장사하는 어머니 말이에요."

춘식이는 웃으며 말했습니다. 그러나 춘식이의 이 말에는 우리 어머니가 사과 장사를 해도 가장 훌륭한 어머니라는 자랑의 뜻이 섞여 있는 것입니다.

"어머니! 사과를 가득 담은 광주리를 이고 가는 그림을 그리면 좋겠어요."

어머니는 처음엔 웃으며 들었으나, 아들이 꼭 그리고 싶나기에 그러라고 했습니다.

춘식이는 여러 가지로 광주리 인 어머니를 그려 보았으나 마음에 들지 않았습니다. 그러다 하루는 아주 멋진 어머니를 그릴 수 있었습니다. 마침내 그림은 다 되었습니다.

그걸 가지고 학교에 갔을 때, 담임 선생님은 물론 전교 선생님과 교장 교감 선생님까지도 모두 좋은 그림이라고 칭찬해 주셨습니다.

"이 사과 빛깔이 살았어!"

"어머니의 얼굴엔 웃음이 도는 것 같아!"

선생님들은 이렇게 한 마디씩 칭찬의 말씀을 하시는 것이었습니다.

"역시 아버지의 피를 받았어!"

어느 선생님 한 분이 이렇게 말했습니다. 아마 춘식이 아버지를 잘 아는 선생님이신 모양입니다.

담임선생님이 춘식이더러,

"그럼, 제목을 뭐라고 할까?"

하고 물었을 때, 춘식이는 아무 거리낌도 없이 이렇게 대답하는 것이었습니다.

"'우리 어머니'라고 하셔요."

생각했던 대로 춘식이의 '우리 어머니'가 일등에 뽑혔습니다. 그것은 춘식이의 기쁨도 되고 또 학교 전체의 기쁨도 되었습니다.

그날 저녁 춘식이는 어머니께 그 기쁜 소식을 전하면서,

"어머니! 시상식엔 꼭 나하고 같이 가요, 응?"

하는 것이었습니다.

"가고말고."

섣달 그믐날 밤은 말없이 깊어만 갑니다. 춘식이는 아버지가 그리다 말고 돌아가신 그림 한 장을 밤새 들여다보며, 아버지가 살아 계실 때 일을 차근차근 생각해 보는 것이었습니다.

 해설

움트고 꽃피려는 간절한 소망
김영자(아동문학가)

강소천 선생님은 나를 아동 문학의 세계로 이끌어 주신 분이다.

1960년, 학교에서 강의를 듣게 된 것이 인연이었는데 처음 모습이 지금도 생생하다. 보통 키에 약해 보이는 몸, 거무스름한 피부, 쌍꺼풀 진 까만 눈이 유난히 빛났다. 함경도 사투리가 섞인 듯한 음성은 강의실을 크게 울렸고, 설명이 시작되면 녹음테이프가 돌아가듯 거침이 없으셨다. 첫인상이 이렇듯 짙게 남은 것은 뵙고 싶은 분이기 때문이었을 게다.

훨씬 전부터 나는 교과서에서 선생님의 작품을 배우며 자랐다. 시험 준비 때는 약력을 외웠다. '강소천 — 본명 강용률(姜龍律). 1915년 9월 16일 함경남도 고원군 수동면 미둔리에서 태어남.'

그 뒤에는 문예부에서 '강소천과 그의 문학'을 공부한 적이 있었고, 주일학교 어린이를 가르쳤기 때문에 「토끼 삼형제」, 「진달래와 철쭉」, 「칠녀라는 아이」, 「인형과 크리스마스」 등 선생님의 많은 동화를 읽었다.

그분은 무뚝뚝한 인상과는 달리 후배나 제자들에게 퍽 자상하셨다. 매일 시간에 쫓기면서도 제자들의 글을 일일이 읽고 또 평을 해주었다. 그래서 선생님 손을 거친 제자들은 언제나 그 고마움을 잊지 못하고 있다.

나는 작품을 만들면 청파동 꼭대기 조그마한 2층 양옥을 찾아가곤 하였다. 선생님은 댁에서도 가만히 앉아 쉬지 않았다. 대부분의 시간은 글을 쓰셨지만 그렇지 않을 때도 자녀들의 책 겉장을 싸주든가, 녹음을 해 주시든가, 사진을 찍어 주든가, 아니면 아이를 안고 우유를 먹이든가……. 성실하고 부지런한 성격이 늡거나 놀게는 못했나 보다.

얼굴엔 주름살이 늘어만 가도
내 마음은 점점 더 어린이를 닮아 가는 것 같습니다.

글에서도 나타나듯이 선생님은 어린이에 가까운 면이 참 많았다.

작품이 완성되면 굉장히 즐거워했고, 「올해가 바로 그 소해다」를 비롯, 열 장 안팎인 작품은 전화로 불러 주고 어떠냐고 묻기도 했다. 집념으로 보나 성품으로 보나 강소천 선생님은 분명 아동문학을 위해 오신 분이었다.

소박하고 겸손한가 하면 때로는 급하고 고집스러운 선생님이 일제와 6·25의 비참한 환경 속에서 창조하신 독특한 문학 세계…….

잘 알려진 그분의 동시로 「사슴뿔」, 「닭」, 그리고 「조그만 하늘」이 있다.

사슴아 사슴아!
네 뿔엔 언제 싹이 트니?
사슴아 사슴아!
네 뿔엔 언제 꽃이 피니?

움트고 꽃 피려는 간절한 소망, '소천'이라고 스스로 이름 하신 이유도 이것이리라.

이 책에는 실리지 않은 작품으로 「돌멩이」가 있다. 동화로서는 처음으로 1939년 〈동아일보〉에 발표된 것이다. '돌멩이'는 일본 강점기의 압박을 벗어나려 몸부림치던 우리 겨레의 상징이기도 하다.

여기에도 「사슴뿔」에서의 그것과 같은 욕망이 넘친다.

몇백 년 봄을 맞이해도 싹 나지 않고 눈트지 않고
잎 피지 않는 돌멩이. 나는 이런 커다란 돌멩이가 되기보다
조그만 한 개의 밀알이 되고 싶다.
한 개의 달걀이나 새알이 되고 싶다.
한 개의 옥수수알이나 감자알이 되어 보고 싶다.

나는 한 개의 쓸 수 있는 물건이 되어 보고 싶다.

봄이다. 나도 눈트고 싶다. 나도 자라고 싶다.

이렇듯 선생님의 문학은 우리의 역사를 증언하고 민족의 슬픔과 기쁨을 대변한다.

「박송아지」는 해방이 되어 우리 모국어를 자유롭게 사용할 수 있게 된 기쁨을 표현한 것이다.

월남 이후에는 「꿈을 찍는 사진관」, 「인형의 꿈」, 「꿈을 파는 집」 등 꿈을 그리는 작품을 많이 썼다. 이것은 초기 동시를 대표하는 「닭」과도 통한다.

물 한 모금 입에 물고

하늘 한 번 쳐다보고

또 한 모금 입에 물고

구름 한 번 쳐다보고

뒤에 펼쳐진 문학 세계의 서곡이었을까? 높고, 영원하고 아름답고, 희망에 찬 하늘을 추구하는 꿈, 이것은 메마른 현실의 어린이에게 구원의 길이 아닐 수 없다.

어떻든 나는 여러분에게
아름다운 꿈을 주기 위해서 늘 동화를 씁니다.

「꽃신을 짓는 사람」은 곧 동화를 지어 내는 선생님 자신이다.

남의 아기를 위해 난 여태까지 몇 해를 두고 신발을 짓고 있었어. 왜 예쁜이 하나만을 위해 신발을 지어야 하나? 세 살짜리부터 여섯 살까지 신을 수 있는, 아니 갓난아기라도 신을 수 있는 예쁜 꽃신을 만들어야 해. 세상의 모든 어린이가 다 내 예쁜이인 거야.

그즈음 선생님은 북에 두고 온 고향과 가족이 그리웠던가 보다. 「꿈을 찍는 사진관」에선 이런 심정을 그렸다. 그때의 선생님은 보육원, 고아, 아이 찾는 부모, 또 잃어버린 것에 대한 애착, 이런 주제의 동화와 소년 소설을 쓰지 않을 수 없었다. 그러나 선생님은 고독과 그리움에서 머물지 않고, 보다 큰 꿈과 넓은 사랑으로 승화시켜 어둠에서 밝음을 안겨 주었다.

「어머니의 초상화」 역시 사랑에 굶주린 어린이를 사랑으로 이끌어 주는 장면에 가슴이 울린다. 안 선생이 춘식이에게 한 아름다운 거짓말은 사람을 살리는 보약이었다.

「영식이의 영식이」, 「꾸러기와 몽당연필」은 밝고 건강한 생활동화이다. 끊임없이 소재를 찾던 선생님이 남쪽 지방을 여행할 적이다. 여관 2층 방에서 창밖을 내려다보다가 마당 끝 장독대에 눈이 끌렸다. 서툰 1학년 솜씨로 독마다 같은 이름이 씌어 있었는데 그것을 보고 나중에 「영식이의 영식이」를 썼다고 들었다. 「꾸러기와 몽당연필」은 작고 어린 것에의 애착과 근검절약하는 정신이 깃들어 있는 생활동화이다.

어쩌면 선생님의 문학은 「사슴뿔」, 「닭」, 「조그만 하늘」인 듯싶다. 때문에 이 동화책에는 주로 그런 세계를 그린 작품이 수록되었다. 그리고 「나는 겁쟁이다」와 같이 선생님의 독실한 기독교 사상을 바탕으로 한 것도 넣어야 했다.

양심과 참된 용기를 다루었다는 점에 애착이 갔고, 「빨강 눈 파랑 눈이 내리는 동산」 등의 서정에 젖은 작품도 더하였다. 따신다면 이 단편들도 위에 나누어 본 세 가지 세계에 있으니까.

지면상, 남긴 동화들이 아까워 몇 번을 넣었다 뺐다 했는지 모른다. 선생님이 살아 계셔서 작품을 직접 고르시는 걸 옆에서 도와 드리는 거였다면 이렇게 조심스럽지는 않았을 것이라는 마음이 든다.

지은이 강소천(1915~1963)
1915년 함경남도 고원에서 태어났습니다. 함흥 영생 고등 보통학교에 재학 중이던 1930년, 어린이 잡지인 〈신소년〉과 〈아이생활〉에 동요를 발표하면서 문단에 나왔습니다. 그 뒤 주로 동시와 동요 노랫말을 쓰다가 1939년 동아일보에 「돌멩이」를 발표하며 본격적으로 동화를 쓰기 시작했습니다. 해방 후에는 학교에서 아이들을 가르치다가 6·25 때 홀로 월남해 문교부에서 교과서 만드는 일을 했습니다. 어린이 잡지인 〈새벗〉과 〈어린이 다이제스트〉 주간으로 있으면서 아동문학 발전에 힘썼으며 1957년 동화작가 마해송 등과 함께 '어린이 헌장'의 초안을 썼습니다.
한국 아동문학 연구회 회장을 지내는 등 활발한 활동을 하던 강소천은 1963년 간암으로 세상을 떠났습니다. 1965년 강소천의 업적을 기리며 '소천아동문학상'이 제정되어 지금까지 이어져 오고 있습니다. 대표작으로 동요·동시집 『호박꽃 초롱』, 동화집 『조그만 사진첩』, 『꽃신』, 『꿈을 찍는 사진관』, 『무지개』, 『인형의 꿈』, 『꾸러기와 몽당연필』, 『대답 없는 메아리』, 『해바라기 피는 마을』 등이 있습니다.

그린이 박보라
대학에서 일러스트를 전공하고 현재 프리랜서로 활동하고 있습니다. 소소한 일상을 재미있게 그리는 그림 작가가 되고 싶습니다. 그린 책으로 『누가 내 짝꿍 좀 말려줘요』, 『왕따의 거짓말 일기』, 『약속했단 말이야』, 『잔양』, 『우리 동네』, 『히렐의 공부 방법』 등이 있습니다.

꿈을 찍는 사진관

1판 1쇄 펴냄 1988년 12월 30일
1판 19쇄 펴냄 1991년 12월 31일
개정판 1쇄 펴냄 2012년 6월 25일
개정판 5쇄 펴냄 2015년 3월 20일

지은이 강소천
그린이 박보라
펴낸이 정해운
편집 박유나
관리 김홍희
마케팅 김민희
디자인 Design Group ALL

펴낸곳 가교출판
주소 서울 성북구 성북동 131-7 401호
전화 02-762-0598~9 | **팩스** 02-765-9132
전자우편 gagiobook@hanmail.net
홈페이지 http://가교출판사.kr

©가교출판 2012 Printed in Korea

ISBN 978-89-7777-198-7 43810

값 13,000원

- 이 책은 저작권법에 따라 보호받는 저작물이므로 무단 전재와 무단 복제를 금합니다.
- 서자와의 협의에 따라 인지를 생략합니다.
- 잘못된 책은 바꾸어 드립니다.

책과 마음을 잇겠습니다 | 가교출판